KB232522

# 천산마제 6

일륜 新무협 판타지 소설

초판 1쇄 찍은 날 § 2010년 7월 20일
초판 1쇄 펴낸 날 § 2010년 7월 27일

지은이 § 일륜
펴낸이 § 서경석

편집팀장 § 서지현
편집 § 어정원

펴낸곳 § 도서출판 청어람
등록번호 § 제1081-1-89호
등록일자 § 1999. 5. 31
어람번호 § 제2-1955호

주소 § 경기도 부천시 원미구 심곡2동 163-2 서경B/D 3F (우) 420-822
전화 § 032-656-4452  팩스 § 032-656-4453
http://www.chungeoram.com
E-mail § chungeoram@chungeoram.com

ⓒ 일륜, 2010

ISBN 978-89-251-2234-2 04810
ISBN 978-89-251-2081-2 (세트)

天

천산마제

魔帝

일륜 新무협 판타지 소설

책략

# 目次


| | | |
|---|---|---|
| 제1장 | 시마(尸魔) | 7 |
| 제2장 | 지심대인 | 39 |
| 제3장 | 백마 | 67 |
| 제4장 | 경천수라 | 101 |
| 제5장 | 용악, 홀로 움직이다 | 133 |
| 제6장 | 내가 간다니까 | 167 |
| 제7장 | 진과 휴 | 197 |
| 제8장 | 사파대전 | 229 |
| 제9장 | 온다고 했잖아 | 259 |
| 제10장 | 네놈 뒤엔 누가 있지? | 283 |

第一章
시마(尸魔)

천산마제

반경 삼 장을 둥근 테처럼 두른 땅에선 아직도 아지랑이처럼 연기가 피어오르고 있었다.

악승은 할 말 잃은 표정으로 배를 문지르며 용악을 돌아봤다. 피곤해 보이는 용악의 얼굴을 보자 마음이 좋지 않았다.

십절 중 팔절과 싸우고 난 직후 도왕에게 무방비 상태로 흠씬 두들겨 맞았다. 그렇게 하고도 결국 도왕의 공격을 막아낸 것이다.

'이 테두리는… 만벽으로 만든 것이 아니야.'

악승은 둥그런 테두리를 바라보며 낮게 한숨을 내쉬었다. 용악이 일흡의 무공을 완성하기 위해 얼마나 많은 죽음을 넘어서야 했는지 잘 아는 까닭이다.

그러나 악승이 보고 있는 둥근 테두리는 만벽으로 만들 수 없는 형태였다.

'그럼 조금 전에 주군께서 '한 번만 더 했으면' 이라고 한 건 뭐지?

악승이 알고 있는 용악은 다음이란 말을 할 사람이 아니었다. 천산의 정상에 오르는 동안 단 한 번도 그런 말을 해본 적이 없었기 때문이다.

"악승, 점과 선과 면, 이 셋의 관계를 알아?"

"……?"

갑작스런 질문에 악승은 눈이 동그래져서 쳐다봤다.

용악은 어느새 헝클어졌던 머리칼을 정리한 뒤 옷을 털고 있었다.

"악승……."

"주군, 다시 한 번……."

"점이 모여야 선을 이룰 수 있고, 선이 채워져야 면을 만들 수 있지 않아?"

"아… 아! 점, 선, 면이요?"

악승은 일단 고개부터 끄덕이긴 했지만, 용악이 왜 그런 질문을 했는지에 대해선 아직도 감을 잡지 못하고 있었다.

"그래… 점, 선, 면."

"예… 점, 선, 면……."

"근데 그게 전부가 아니더라구."

"아… 그, 그렇군요. 그게 전부가 아니었군요……."

"당연히 전부가 아니지. 면은 선보다 두꺼울 뿐이고, 선은 점보다 긴 것뿐이잖아."

"…그… 아… 예, 그게……."

악숭은 세모꼴 눈을 이리저리 굴리며 최대한 용악에게 대답을 하고 싶었으나 딱히 떠오르는 말이 없었다.

"그런 게 있어."

용악은 악숭이 진땀을 흘리는 표정을 보며 피식 웃고는 입을 닫았다.

'면과 면의 싸움이라면… 면에 대해 더 익숙한 사람이 유리한 건 당연하지.'

팔절과의 마지막 싸움에서 그들을 쉽게 처리할 수 있었던 것은, 용악이 점과 선을 다루는 데 있어서 훨씬 익숙했기 때문이다.

마찬가지로 용악보다 면을 다루는 데 익숙한 도왕에게 밀린 것은 당연한 것이다.

'점과 선과 면, 면과 점과 선, 점과 선과 면. 이제야 그 차이를 알 것 같다.'

용악은 또 웃었다.

천산에선 그런 구분을 나눌 필요가 없었다. 생각보다 몸을 움직여야 했고, 그것만으로도 충분히 살아남았기 때문이다.

그러나 이젠 그것만으로는 부족했다.

십천좌와의 싸움에 이어 검왕과의 비무, 그리고 조금 전 도왕의 공격까지.

천산에서의 용악으로는 상대하기 힘든 상대들이었다.

바뀌어야 살아남을 수 있었다.

이길 수 있다는 것과 죽일 수 있다는 것.

용악에겐 완전히 다른 개념이었다.

"악승, 도왕은 나를 죽이려 했지만 결국 죽이지 못했어. 자신과의 약속을 어긴 거야."

이긴다는 말의 정의였다.

"하지만 주군 역시 도왕을……."

"그럴 새도 없었잖아."

"……."

"도왕을 어떻게 하겠다는 생각 자체가 없었다고. 굳이 말하자면, 일단 막아야겠다는 것 정도?"

"……."

악승은 딱히 꺼낼 말이 떠오르질 않았다.

용악의 말은 충분히 일리가 있었다. 도왕의 공격을 받으며 다른 생각을 했다면 그건 아무리 용악이라도 거짓이었을 테니까.

"도왕이 한 번 더 공격했으면 좀 더 쉽게 막아냈을 거야. 나자신과의 약속을 지켰잖아. 이길 수 있었지. 물론 도왕을 죽일수는 없었겠지만 죽지도 않았을 거고."

용악의 설명이 끝나자 악승은 자신도 모르게 고개를 끄덕이다가 세모꼴 눈을 좌우로 굴리며 볼을 부풀렸다.

"풉. 제가 그런 것도 모를 줄 아셨습니까, 주군?"

악승은 거대한 배를 두드리다 상처를 건드렸는지 움찔하고
는 앞장서려 했다.

"어디 가?"

"어디긴요, 사람으로 돌아가야죠."

"아직 아니야."

"예? 아직 아니라니요?"

"공투가 늦네."

'공투?

악승이 또다시 의아한 눈으로 용악을 쳐다봤다.

"그 애송이는 왜 찾으십니까? 아, 아니, 애송이가 이곳으로
오겠다고 했습니까?"

"와야지, 오라고 했는데. 그 물건들을 잘 숨겨둔 모양이
네……."

"물건들이라니요?"

"조빈이 황보세가에 가져왔던 물건들."

"혹시 혈강시들을 말씀하시는 겁니까, 주군?"

"응."

용악은 악승의 뒤쪽으로 시선을 들었다.

지붕 위를 건너뛰며 빠르게 다가오는 인영이 있었다.

"저 애송이 혼자 오는데요?"

악승은 누군가를 가리키다 말고 갑자기 인상을 썼다.

빠르게 다가오던 공투가 안 보였기 때문이다.

공투는 연무장을 가로질러 오다 발걸음을 멈췄다.

부서지고 파헤쳐진 연무장과 널브러져 있는 여덟 구의 시체를 본 까닭이다.

'그 진동이 그럼……'

공투는 넋이 나간 표정이 됐다.

혈강시를 찾을 때 잠깐씩 느꼈던 진동의 발원지가 이곳이었다는 것을 한눈에 알아봤기 때문이다.

'이들이 설마… 그들?'

공투의 눈빛이 크게 흔들렸다.

여덟 명 전부 외상이 아닌 내상으로 죽어 있었다. 이런 식으로 죽이기 위해선 고강한 내공이 없이는 불가능했다.

공투는 몸을 떨었다.

이들과 싸운 사람이 보이지 않았다.

낮게 숨을 내쉬고 훌쩍 신형을 떨어뜨렸다.

좀 더 주위를 살피려 취한 행동이었으나, 연무장에 내려서는 공투의 귀로 살기 어린 목소리가 들려왔다.

"애송아, 빨리 못 와!"

'악 대협!'

공투는 땅에 발을 디디기 무섭게 목소리가 들려온 방향으로 최대한 빠르게 몸을 날렸다.


공투는 용악과 악승의 모습에 할 말 잃은 표정이 됐다.

추측이 맞았던 것이다. 연무장을 저렇게 만든 사람은 이들

둘이었던 것이다.

"찾았나?"

"예?"

공투는 용악의 질문에 눈이 동그래졌다.

용악은 앞으로 흘러내린 머리칼을 쓸어 넘기며 숨을 내쉬었
다.

"아! 지, 지하 석실에 있습니다."

"지하 석실?"

"저, 저쪽입니다."

공투는 자신이 낼 수 있는 최대한의 속도로 돌아서서 연무
장 뒤쪽을 가리켰다.

"주군, 혈강시는 왜 찾으라고 하신 겁니까?"

악승의 질문은 용악을 향해서였으나 눈은 공투에게서 떨어
지지 않았다.

'뭐지?'

공투는 악승의 따가운 시선을 느꼈으나 감히 돌아볼 생각은
하지 못했다.

"쓸 데가 있어."

"어디에……."

고오오—

악승의 말이 채 끝나기도 전에 용악의 주위로 작은 소용돌
이가 일어났다.

"흡!"

악승은 세모꼴 눈을 번쩍이며 양손을 좌우로 펼쳐 공투를
가려주었다.

용악은 무공을 일으킨 것이 아니었다.

천마수를 통해 마기를 내뿜은 것이다.

공투가 한기라도 들린 사람처럼 이를 부딪치며 '딱딱' 소리
를 냈다.

"이, 이게 무, 무슨… 아, 아……."

공투는 용악이 왜 저러는지 악승에게 물어보려 했지만 말을
할 수가 없었다.

"애송아, 가만히 있어라."

악승의 목소리가 진지해졌다.

악승 역시 긴장하고 있는 것이 분명했다.

'왜 갑자기…….'

공투는 계속해서 떨리기만 하는 몸과 이를 주체하지 못해
진저리를 쳤다.

그때였다.

쿵. 쿵.

'……?'

용악이 서 있던 곳에서 묵직한 음향이 일었다.

공투는 무의식적으로 악승의 옆으로 고개를 내밀어 앞쪽을
쳐다봤다.

"저, 저… 저, 저……."

공투의 눈이 찢어질 것처럼 부릅떠졌고 입에서는 연신 '저'

라는 말만 흘러나왔다.

"저런 물건을 다루려면 종놈 둘이 가지고 있는 군마령이 필요한 줄 알았는데……."

조금 전에 땅을 울렸던 소리는 열 구의 혈강시가 용악 앞으로 떨어지며 낸 소리였다.

악승은 배를 두드리며 혈강시 열 구를 쳐다봤다.

용악이 조금 전에 숨이 막힐 것 같은 강한 마기를 끌어올린 이유를 깨달은 까닭이다.

"군마령……."

뒤에서 듣고 있던 공투가 신음처럼 말을 흘렸다.

혈교의 신물을 찾으려면 반드시 필요한 것이 군마령이기 때문이다.

"주군께선 이미 그런 물건이 필요없는 경지에 오르신 모양이시다."

"…혹시 십절도……."

"십절? 품. 그것들만 상대하셨으면 옷자락 하나 상하지 않으셨겠지. 도왕만 아니었어도……."

"도, 도왕!"

악승의 입에서 도왕이란 말이 나오자마자 공투는 자신도 모르게 큰 소리로 외치고 있었다.

"공투, 이리 와라."

용악의 말이 떨어지기가 무섭게 공투의 신형이 움직였다. 조금 전의 마기에 영향을 받은 것은 혈강시뿐만이 아니었던 것이다.

“지금부터 네게 이 강시들을 맡기겠다.”

“예?”

팟—

용악의 간단한 손짓에 의해 공투의 어깨에서 핏줄기가 터져 나왔다. 그리고는 공투의 눈이 커지기도 전에 핏줄기는 열 가닥으로 나뉘며 혈강시 열 구를 향해 뿌려졌다.

‘헉!’

용악의 손이 공투의 등에 닿고서야 공투는 눈을 크게 치뜰 수 있게 됐다.

“손을 들어라.”

공투는 자신도 모르게 손을 들었다.

‘이런 엄청난 힘이!’

공투의 등을 통해 엄청난 기운이 해일처럼 들어와 단전에 쌓이기 시작했으나, 한번 들어온 힘은 멈출 기미가 보이지 않았다.

‘더, 더 이상은 안 돼!’

공투는 단전이 곧이라도 터질 것같이 부풀어 오르는 것을 느끼며 속으로 그만하라고 소리쳤다. 하나 용악은 멈추지 않았다.

“이것이 천마십이수다.”

‘처, 천마십이수? 단전을 터뜨려 죽이려는 것이 아니고? 그만, 그만!’

버티기 힘들었다.

용악의 손을 통해 끊임없이 들어오는 진기 때문에 숨도 제대로 쉴 수가 없었다.

그때였다.

머릿속으로 '툭' 하는 소리가 들린 것 같았다.

뱃속 가득 물을 채운 두꺼비의 배에 바늘을 찌른 느낌? 공투에게 그 소리는 그렇게 들렸다. 차기만 하던 진기가 어딘가로 빠져나가는 느낌이 들었다.

"정면을 향해 열두 번. 흐름을 몸에 익혀라."

공투의 귀로 용악의 마지막 말이 들림과 동시에 손을 통해 무언가 쏟아져 나갔다.

총 열두 개의 수영(手影).

벽을 때린 것같이 덜컥거리는 느낌이 전해졌다.

혈강시들이 일제히 움찔거렸다가 원래대로 섰다.

"잊지 마라."

'아!'

용악의 목소리가 마치 형체를 가진 것처럼 뇌 속으로 들어와 꽂혔다. 그 강렬한 느낌에 공투는 자신도 모르게 몸을 떨었다.

뒤로 돌아 용악을 바라봤다.

벌써 두 번째 가르침을 받게 됐다.

공투는 자신도 모르게 무너지듯이 바닥에 무릎을 꿇었다.

"따르겠습니다."

모든 것을 담은 한마디였다.

"풉. 괜찮은 바보의 탄생인가?"

일련의 상황을 지켜보던 악승이 고개를 내저으며 한숨을 쉬었다. 아주 오래전의 누군가를 보는 것 같아 내쉰 한숨이었다.

오십 년도 더 전의 악승이, 용악의 사부이자 혈교주였던 혈마를 향해 무릎을 꿇었던 악승이 저곳에 있었다.

그때는 무언가를 향해 목숨을 걸지 않으면 안 될 것 같은 시절이었고, 무모함에 도전이란 명분을 입혀 천하를 질타하던 시절이다.

"주군, 공투를 받아들이시는 겁니까?"

악승은 공투를 못마땅한 표정으로 보다 배를 두드리며 물었다. 용악의 결정에 토를 달 리가 없는 악승이었다. 내심 마음에 들어하던 공투이기에 허락을 받으려는 것이다.

"공투."

용악이 대답 대신 공투를 불렀다.

"예!"

공투가 바닥에 고개를 숙이며 대답했다.

"오늘부터 시마(尸魔)라고 부르겠다."

"시마……."

공투는 멍한 표정으로 그저 용악을 바라보기만 했다.

그때, 악승이 배를 두드리며 공투에게 다가갔다.

"시마, 나이가 몇인가?"

악승의 말투가 달라졌다.

"스, 스물여덟입니다."

"스물여덟? 그럼 내가 십대마인이 됐을 때보다 두 살이나 어리잖아?"

악승의 눈썹 한쪽이 올라갔다.

지금껏 혈교의 십대마인은 모두 서른 살 이하가 없었다. 악승조차 서른에 십대마인이 됐기 때문이다.

"그 나이에 나는 주군의 명령이 떨어지길 기다린 적이 없다네, 시마."

악승의 가는 목소리가 끝나는 순간 공투의 눈이 크게 치떠지더니 그대로 이마를 바닥에 댔다.

"시마, 명을 기다립니다!"

지금까지 한 번도 해본 적 없는 행동이었으나, 몸이 알아서 반응을 했다.

"주인의 허락 없이 들어온 것들을 치워라."

"……."

용악의 명령이 떨어졌으나 공투는 곧장 실천으로 옮기지 못했다. 정확히 무엇을 어떻게 하라는 말인지 알지 못한 탓이다.

"풉. 시마, 이곳에 주군께 허락을 받지 않고 들어온 것들이 있는 모양이야. 혈강시 열 구라면 충분할 것 같은데?"

악승이 말을 마치며 공투의 뒤로 시선을 주었다.

공투는 자신의 뒤쪽에 일렬로 서 있는 혈강시 열 구를 돌아봤다.

"다루는 방법은 간단하네. 생각만 하면 돼."

'생각?

"모이라고 생각을 해보게."

'모여라.'

공투가 악승의 말대로 하자, 혈강시 열 구가 공투의 주위로 반달 모양을 이루며 섰다.

'아!'

공투는 자신이 해낸 일에 대해 스스로 감탄하고는 속으로 탄성을 터뜨렸다.

"다녀오겠습니다."

공투는 각오가 깃든 대답을 한 후 몸을 날렸다. 그 뒤를 열 구의 혈강시가 쫓아갔다.

"주인을 잘 찾아준 모양이다."

용악은 공투와 열 구의 혈강시를 보며 담담하게 웃었다. 몸에 꼭 맞는 옷을 입은 사람처럼 무척 자연스러워 보인 까닭이다.

"제가 보기에도 그렇습니다, 주군."

"우리도 가자, 악승."

"모시겠습니다."

악승이 대답과 동시에 담 쪽으로 몸을 날리려 했다.

"악승, 어딜 가는 거야?"

"예?"

악승은 의아한 눈으로 용악을 쳐다봤다.

"문 놔두고 어딜 가?"

"혹시 정문으로 가시겠다는……."

"당연하지."

용악의 여유로운 대답에 악승의 얼굴이 일그러졌다.

밖에는 아직 여의단과 도왕이 있었다. 용악은 그들을 뚫고 지나가려는 것이다.

'이거 잘하면… 오늘 죽을 수도 있겠다.'

용악의 성격을 잘 아는 악승으로서는 당연히 걱정될 수밖에 없었다. 도왕과 마주치는 것은 문제가 아니었다. 도왕이 살기를 드러내는 순간, 용악은 또다시 부딪치려 할 것이기 때문이다.

*　　　*　　　*

'……!'

숨어 있던 소모품 중 한 명이 자신도 모르게 눈을 치켜떴다.

그를, 아니, 그들을 향해 다가오는 무언가가 있었다.

콰직!

문을 부수며 들이닥친 자들.

덥수룩한 수염과 지저분한 옷차림을 한 사내를 에워싸고 열 구의 강시가 모습을 드러냈다.

공투와 혈강시들이었다.

'저것들은 뭐지?'

숨어 있던 자는 팔절을 상대하던 용악이나 거대한 배를 두

드리던 악승이 아님을 알고서 안도하려 했다. 하나 안도는 잠시였다.

강시 열 구에서 말도 안 되는 엄청난 살기가 펴져 나오기 시작했기 때문이다.

'이곳에만 오면 나도 한 자리 할 수 있을 줄 알았는데… 오자마자 개죽음만 당하고……'

음지에서 지내야 했던 소모품들에게 십인회 총단은 일종의 면허를 배부해 주는 곳이었다. 이곳에선 마음껏 무공을 펼칠 수도 있고, 무인으로서도 대접을 받았다.

뭐든 해야 했다.

숨죽이고 있다가 도망치든지 싸우든지.

"언제까지 이러고 있을 거냐! 난, 더 이상 숨어 있기 싫다!"

공투와 혈강시라면 건물 안에 숨어 있는 소모품들만으로도 해치울 수 있을 것 같았던 모양이다.

"나도 싫다."

"나도."

"나 역시……"

한 명이 나서자 건물 안에 있던 소모품들이 속속들이 모습을 드러냈다.

"너희들은… 어차피 죽는다."

공투는 모습을 드러내는 십여 명의 소모품을 보면서 입을 열었다.

시마가 된 이후 첫 싸움이었다.

‘보인다.’

공투의 눈에 소모품들을 감싸고 있는 무형의 기운들이 보였
다. 그들이 기운을 내뿜어서가 아니라 그냥 볼 수 있었다.

공투가 손을 들어 올리자 혈강시 열 구도 따라 했다.

공투와 소모품들의 눈빛이 허공에서 부딪쳤다.

“난, 시마 공투다.”

공투는 얼마 전에만 해도 겨우 서너 명의 소모품에게 둘러
싸여 고전을 면치 못하던 실력이다. 눈앞의 십여 명을 어떻게
상대해야 할지 알 리가 없었다.

그럼에도 공투는 당당했다.

몸속에서 자신감이 마구 뿜어져 나왔다.

어떻게? 무슨 공격으로? 누굴 먼저?

다 필요없었다.

공투의 신형이 눈에 띈 소모품 한 명을 향해 움직였다.

“황당한 놈!”

소모품은 공투가 제일 먼저 자신을 노렸다는 것을 알고서
분노하며 검을 뽑아 들었다.

검좌의 운외반간을 펼치려 한 것이다.

카가각!

“……!”

검이 채 반도 뽑혀지기 전에 검날이 무언가와 부딪치며 소
리를 냈다.

혈강시 한 구가 몸으로 검을 막은 것이다.

쾅!

소모품의 얼굴이 함몰되며 그대로 날아갔다.

혈강시는 주인의 명령에만 따른다. 운외반간이든 정구도든 다른 어떤 무공이든 중요하지 않은 것이다.

'저런 엄청난 힘이……'

공투는 자신이 날려 버린 것처럼 손을 주억거렸다. 때리겠다는 생각을 혈강시가 실천으로 옮겨주었고, 그 느낌이 손을 통해 느껴지는 것 같았다.

건물 내부에 정적이 흘렀다.

공투의 입꼬리가 올라가며 덥수룩한 수염의 모양이 변했다. 혈강시를 어떻게 다뤄야 할지 명확하게 깨달은 표정이었다.

'그렇다면.'

직접 움직일 필요가 없었다.

공투는 혈강시들을 대신해 사방에서 몰려드는 소모품들을 한 명도 빠뜨리지 않고 눈에 담았다.

"죽어!"

소모품 한 명이 대들보에서 내려오며 품속에서 무언가를 던졌다.

흐릿한 그림자가 공투의 시야를 가렸다.

캉!

소모품이 날린 암기는 혈강시의 몸에 부딪쳐 튕겨 나갔다. 암기를 날린 소모품의 몸에 혈강시의 단단한 양손이 박혀들었다.

‘엄청나다!’

혈강시를 다룬다는 것은 굉장했다.

공투는 흥분을 감추지 않았다.

동시에 달려드는 소모품들을 보고, 어떻게 상대할지 생각만
하면 결과를 예상할 수 있기 때문이다.

공투의 손짓에 따라 혈강시가 일제히 허공으로 솟구치며 소
모품들을 쓸어갔다.


“픕. 아주 제 세상 만났군.”

악승은 공투가 종횡무진 활약을 보이는 모습에 만족스러운
웃음을 지었다.

척. 척. 척.

용악이 일부러 소리를 내며 걸었다.

“주군, 일부러 그러시는 겁니까?”

“뭘?”

“그 소리 말입니다.”

막 악승의 말이 끝났을 때다.

지나친 건물이 무너져 내리며 요란한 소리를 냈다.

“……!”

“주인의 허락도 없이 지어진 건물이야. 당연히 사라져야
지.”

‘혹시……’

악승은 재빨리 주위를 둘러봤다.

전각 아래와 지붕에서 미미한 소리가 들리는가 싶더니 '툭' 하는 소리와 함께 소모품 한 명이 모습을 드러냈다.

척. 척. 척.

용악은 여전히 소리를 냈고, 그때마다 소모품들이 하나둘씩 모습을 드러내기가 무섭게 쓰러졌다.

'기벽!'

너무 자연스럽게 걸어서 언제 기벽을 일으켰는지 악승조차 알지 못했던 것이다.

악승은 천마신공의 효용에 대해 읽은 적이 있었다, 아무리 사용해도 내공이 샘물처럼 마르지 않는다는.

당시에는 믿지 않았으나 눈으로 직접 보고 나니 절로 고개가 끄덕여졌다.

'휴식이 필요한 주군께서 계속해서 내공을 사용하신다는 것은, 그만큼 천마신공의 효용이 뛰어나다는 반증이나 마찬가지다.'

용악이 일으키는 기벽은 거리와 무관했다.

십여 장 이상 떨어진 자들이 픽픽 쓰러지는 것만 봐도 알 수 있었다.

와르르—!

전각 하나가 또다시 무너져 내렸다.

조금 전의 악승이었다면 쓸데없이 진기를 소모한다고 여겼을지 모르지만, 지금은 전혀 그렇게 생각하지 않았다.

용악은 여전히 걷기만 했고, 악승은 아무런 말 없이 뒤를 따랐다.

*　　　*　　　*

와아아아아―!

도왕이 정문에 모습을 드러내자 무인들의 함성이 떠나갈 듯 우렁차게 터져 나왔다.

"허허, 이 무슨 일인가? 본 도왕은 그저 해야 할 일을 했을 뿐이거늘."

도왕이 사마화인을 돌아보며 너털웃음을 터뜨렸다.

"오늘 도왕께서 하신 일은 강호인들의 귀감이 되기에 충분하셨습니다."

염제가 걸걸한 목소리로 도왕을 추켜세웠다.

염제의 눈은 진심이었다.

'대단해……'

사마화인은 도왕이 손을 내저으며 겸손 떠는 모습에 할 말을 잃었다. 마음 같아서는 환호하는 무인들을 멈추게 하고 싶었으나 그럴 수는 없기에 참았다.

'이러다 나도 용악처럼 될 수도 있을까?'

사마화인은 스스로 생각해도 황당한 상황을 떠올리며 웃었다. 그런 일이 벌어지지 않을 거라 여겨서가 아니라 가능하다는 생각이 들었기 때문이다.

"허허허. 총령, 고생 많았네. 당분간은 악도들도 모습을 드러내지 않을 걸세."

"……?"

사마화인은 도왕의 말에 잠시 말을 잃고 말았다. 비록 용악이 사마화인에게 두 번이나 패배를 맛보게 했지만, 그것과 십절을 처리한 것과는 별개의 문제였다.

모른 척 넘어가긴 힘들었다.

"도왕께서 보여주신 무공 덕분에 안계를 크게 넓힐 수 있었습니다."

"별말을……."

"또 정파든 사파든 금지된 무공을 익힌 자들을 공적으로 여긴다는 사실에 한편으론 뿌듯하기도 했습니다."

'음?'

도왕의 안색이 굳어졌다.

사마화인이 용악에 대한 말을 꺼낼 줄 전혀 짐작하지 못한 탓이다.

"허허, 그게 무슨 말인가?"

"천마의 후예가 십절을 잠재운 일에 대해 말씀드리는 것입니다."

도왕의 의아한 표정을 보며 사마화인은 아무렇지도 않게 대답했다. 당연히 장내가 술렁이기 시작했다. 이내 도왕을 향했던 환호가 잦아들었다.

도왕의 표정이 눈에 띄게 굳어졌다.

십절을 처리한 장본인이 도왕 자신이란 말은 하지 않았으

나, 사마화인의 위치라면 당연히 그렇게 할 거라 여겼던 것이
다.

　"어차피 누가 해도 마찬가지인 일을 굳이… 정파에서 한 일
이 되는 것이 사기에 도움이 되거늘."

　도왕의 목소리에 아쉬움이 담겼다.

　"그 일을 한 사람은 따로 있잖습니까?"

　"허허. 그렇게 그 사파 놈이 좋던가?"

　"그럴 리가 있나요. 단지, 앞으로 벌어질 금지된 무공과의
싸움은 정파만으로는 부족할지도 모릅니다. 천마의 후예가 나
선다면 힘이 되겠지요."

　'이놈이…….'

　도왕은 지지 않고 대답하는 사마화인을 지그시 쳐다봤다.
그 시선과 마주친 사마화인은 자신도 모르게 순간적으로 고개
를 숙일 뻔했다. 하나 이를 악물고 버텼다.

　"…그것이 자네의 의지인가? 본 도왕이 보기엔 금지된 무공
이나 저 안의 애송이가 익힌 천마의 무공이나 같아 보이는군.
하지만… 자네의 의지가 그렇다면 어쩔 수 없지."

　도왕은 사마화인에게만 들릴 정도의 작은 목소리로 비웃음
을 건넸다.

　"앞으로 많은 가르침을 부탁드리겠습니다."

　사마화인은 곧바로 고개를 숙였다.

　"허허. 그런 소리 말게. 강호인이 무언가? 각자가 믿는 신념
을 추구하는 사람들이 아닌가? 총령은 잘해 나갈 걸세."

나는 나대로, 너는 너대로.

명확한 도왕의 의사 전달이었다.

'이렇게까지 해놓고 도움을 바라는 건 내가 생각해도 과하긴 하지.'

사마화인으로서는 도왕을 잃게 됐으니 큰 손실이 분명했지만 속마음은 한결 가벼워졌다.

'그 아비에 그 자식……'

도왕은 매달리지 않고 오히려 웃기까지 하는 사마화인을 보며 속으로 혀를 찼다.

사마화인의 아버지인 사마중경을 처음 봤을 때와 크게 다르지 않은 상황이었다. 당시의 사마중경은 눈앞의 사마화인에 비해 십 년 정도 나이가 많았다.

강호최고수인 삼왕이 모두 모인 자리임에도 전혀 주눅 들지 않고 합석을 청하던 왕고집쟁이 중년인 사마중경. 그 모습이 지금 사마화인과 겹쳐 보였다.

"그럼……"

도왕은 마치 누군가를 찾는 사람처럼 뒤를 돌아봤다.

일초훈계에서 죽이지 못한 용악이 나타나면 곤란한 상황이었다. 사마화인이 아무 말도 하지 않았다면 또 모르겠지만, 지금은 죽일 수도 없으니 차라리 피하는 것이 상책인 것이다.

"본 도왕은 가겠네."

"감히 한 가지 질문을 해도 되겠습니까?"

사마화인이 도왕의 발길을 붙들었다.

“……?”

“이곳에 오신 이유가 십인회 때문이셨습니까?”

“허허. 본 도왕 역시 무인일세. 강호에 몸담고 있는 이상, 금지된 무공 따위를 사용하는 악적들을 어찌 모른 척 지나치겠는가?”

“당연한 말씀이십니다. 단지, 묵도의 고수를 한 명도 데려오지 않으셔서 여쭤본 것입니다.”

“이런 곳에… 제자들까지 부르라고? 허허허.”

도왕은 어이없는 웃음을 흘리며 사마화인을 같잖다는 표정으로 쳐다봤다.

‘이런 곳?’

사마화인은 여의칠기군 이백 명을 끌고 오면서도 십인회를 전멸할 수 있다는 자신감을 갖지 못했다. 그런 곳이 도왕에겐 제자까지 데려올 곳은 아니었던 모양이다.

‘강호가 어떤 곳인지 새삼 느끼게 되는구나.’

이곳에 모인 모든 사람보다 도왕은 강했다.

강함이란 강호의 질서를 규정짓는 척도였다.

화를 내기 위해서도 힘이 필요했다.

알고 있으면서 도왕 덕분에 다시금 깨닫게 됐다.

생각이 정리되자 사마화인은 웃을 수 있었다. 물론 그런 사마화인을 도왕이 마음에 들어할 리는 없었다.

‘이놈이…….’

도왕의 눈빛이 차가워졌다.

사마화인이 짧은 시간에 화를 다스리는 모습이 마음에 들지
않은 까닭이다.

"답이 됐나?"

"예."

사마화인은 조금의 주저함도 없이 대답했다.

"허허. 아버지한테 제대로 배웠군."

"예? 아버지를 아십니까?"

"여의단주를 모르는 사람이 있던가?"

"그게 아니라……."

"금지된 무공이 세상 밖으로 튀어나왔으니 다들 모습을 드
러내겠지. 허허허. 기대가 돼. 아주."

도왕은 웃음으로 말을 멈췄다.

'뭐지? 아버님과 도왕 사이에 무슨 일이라도 있었단 말인
가?'

"다음에 보세."

사마화인이 상념에 빠지려는 순간, 도왕은 곧장 신형을 날
렸다. 그 뒤를 염제가 뒤따랐다.

"염제……."

항해민의 시선은 도왕이 아닌 염제를 향해 있었다.

도왕이 떠나자마자 일언반구 없이 뒤따르는 모습이 보기 안
타까웠던 까닭이다.

"기분만 맞춰줬어도 큰 힘이 될 사람들이었는데……."

항해민은 사마화인을 애써 외면했으나 이미 들은 사마화인

은 고소를 지었다.

"왜 그래야 하는데요, 할아버지?"

사마화인을 대신 변호해 준 목소리는 항예연에게서 흘러나왔다.

"당연히 그랬어야죠. 제가 여의단의 총령이잖습니까, 항 소저."

"총령님은 사람 아닌가요? 저 같았으면 그렇게도 못했을 거예요. 총령님은 충분히 할 도리를 다했어요."

"예연아!"

항해민이 허공을 살핀 후 항예연을 꾸짖었다.

"그렇잖아요. 애먼 사람 잡으려다 망신……."

"어허, 그래도!"

항해민이 다시 한 번 호통을 치고서야 항예연은 말을 멈췄다.

"이런, 저 때문에 다투시게 됐네요. 자자, 그만들 두세요. 아직은 안심할 때가 아닙니다."

"예?"

항예연이 의아한 눈으로 사마화인을 바라봤다.

"오늘 우리를 모이게 한 십절은 없었지만, 장래에 그들이 될지도 모르는 자들이 저 안에 가득히 남아 있습니다. 한 명도 살려 보내지 않을 겁니다. 도와주실 거죠, 항 소저?"

"당연하죠!"

항예연은 활짝 웃으며 손을 꼭 쥐었다. 의기소침하게 보이

던 사마화인이 힘을 내는데 호감을 품고 있는 그녀로선 당연
히 웃을 수밖에.

평소 항해민으로부터 사마화인에 대한 칭찬을 자주 듣던 그
녀이다. 며칠 동안 지켜본 대로라면 충분히 관심이 가고도 남
았다.

"어디서부터 하실 거예요?"

항예연은 대답 후에 곧장 사마화인의 옆으로 다가와 물었
다. 옆모습도 꽤나 근사했다.

"숨어 있는 적을 상대할 때는……."

사마화인이 말을 하다 멈추고 뒤를 돌아봤다.

전혀 생각지도 못한 일이 벌어졌다.

정문으로 두 사람이, 이미 떠났거나 쉬고 있어야 할 두 사람
이, 태연히 걸어나오고 있었다.

"용… 악?"

용악과 악승이었다.

사마화인은 순간 자신의 눈을 의심했다. 만약 도왕이 아직
떠나지 않기라도 했으면 어쩌려고 정문으로 나온단 말인가?

"들어갈 생각이면 다시 생각해 봐."

용악은 사마화인의 곁을 지나치며 말을 건넸다.

사마화인이 인상을 쓰며 십인회 총단 안을 돌아봤다.

정문 위쪽으로 뿌연 먼지가 보였다.

"무슨 짓을 한 건가?"

"원래 상태로 되돌려 놓는 중이다."

"원래 상태?"

"난, 이런 건물 지으라고 한 적 없거든."

용악은 친절하게도 정문을 둘러싸고 있는 벽을 손으론 가리켰다. 그리고는 악승과 함께 여의칠기군을 향해 내려갔다.

여의칠기군은 용악이 모습을 나타내는 순간 이미 반으로 갈라져 있었다. 자신들의 상대가 아니라는 것을 경험한 후이기에 반응은 아주 자연스러웠다.

용악이 여의칠기군을 막 지나쳤을 때, 뒤를 돌아보며 발을 굴렀다.

쿵!

소리는 용악의 발아래서 났지만 반응은 사마화인 등이 서 있는 정문 쪽에서 일어났다.

쩌저적—

정문을 둘러싼 벽에 수십, 수백의 금이 거미줄처럼 가다가 이내 바닥으로 주저앉았다.

"크흠……."

항해민은 무너진 담을 보며 침음을 삼켰다.

용악이 손을 쓴 것에 놀란 것이 아니라, 담이 제자리에 고꾸라지듯이 무너진 것에 놀란 것이다.

"저, 저! 저길 보십시오!"

여의칠기군 중 몇몇이 손으로 허공을 가리켜 외쳤다.

장내의 모든 시선이 허공으로 향했다.

담이 무너졌을 때는 침음을 삼켰던 항해민의 입에서 '헉'

소리가 절로 흘러나왔다.

허공에 열 구의 강시가 모습을 드러냈다.

"저건… 혈강시?"

"피부에 붉은빛이 도는 걸 보니 파천마궁주 조빈이 완성했다는 혈강시가 맞습니다. 저런 물건을 부리는 자라니……."

"……!"

사마화인의 말을 듣던 항해민이 재빨리 혈강시를 향해 안력을 돋웠다. 그러자 정말로 중앙의 혈강시 위에 사람이 서 있는 것이 보였다.

'혈강시를 부리는 자라… 혈교의 십대마인이 부활하기라도 하려는가?'

항해민의 눈이 깊어졌다.

용악이 천마의 무공을 익혔다는 것을 알았을 때와는 다른 눈빛이었다. 혈교의 전성기를 직접 몸으로 겪지 않으면 모를.

第二章
지심대인

천산마제

궁 좌위와 육 좌위가 며칠 동안 전력을 다해 도착한 곳은 호
북성 형문산(荊門山) 근처에 위치한 의창(宜昌)이었다.

두 사람은 북적거리는 시가를 지나자마자 곧장 좁은 길로
들어섰다. 불과 십여 장 정도 지났을까? 뒤쪽 시가의 소음은
사라지고 물 흐르는 소리가 들려왔다.

모양새가 희한한 강이었다. 마치 혀라도 내민 것같이 중앙
에 길을 낸 것이다.

물의 침식을 막기 위해 심었는지 무릎까지 자란 풀들이 바
람에 이리저리 흔들렸다.

두 사람은 길 위로 순식간에 내려섰고, 그대로 일각 이상 신
법을 펼쳐 내달렸다. 길 끝에는 동굴 모양의 입구가 입을 벌리

고 있었다.

"왜 둘만 온 거지?"

냉기가 풀풀 날리는 차가운 목소리가 막 입구로 들어서려는 두 사람을 막아섰다.

"그렇게 됐다, 기 좌위."

두 사람은 이내 멈춰 섰고, 궁 좌위가 목소리의 주인을 돌아보지도 않으며 입을 열었다.

기 좌위라 불린 사내는 얼굴에 광대뼈가 툭 튀어나와 있었고, 넓적한 얼굴과 안 어울리는 구렁이눈썹을 달고 있었다.

"왜 그렇게 쫓기는 사람들처럼 서두르지?"

"기 좌위!"

이번엔 육 좌위가 큰 소리를 냈다.

기 좌위의 구렁이눈썹이 꿈틀댔다.

기 좌위는 궁 좌위나 육 좌위와 마찬가지로 천급 좌위 중 한 사람이었다. 명령을 내리고 받는 사이가 아닌 것이다.

"좌위들은 명을 받아라."

기 좌위의 말이 떨어지기가 무섭게 사방에서 지급 좌위들이 모습을 드러냈다.

"기 좌위, 화급을 다투는 일이야!"

"그건 너희들 사정이고, 왜 둘만 돌아온 건지부터 설명해봐. 타당하면 보내주도록 하지."

"……!"

궁 좌위의 이마에 힘줄이 돋았다.

기 좌위가 왜 이러는지 모를 리 없었다.

지심대인을 모시는 이주지심원(二洲地心園)의 이십여 천급 좌위들 사이의 파벌 때문이었다.

"나중에 대인께 불려가지 않으려면 이쯤에서 그만하지, 기 좌위?"

육 좌위가 눈을 가늘게 뜨며 살기를 일으켰다.

기 좌위의 눈빛이 처음으로 변했다.

"협박이냐?"

"…다 죽었다."

"뭐?"

"십인회가 전멸했다고, 그것도 한 사람에게."

"십절이 모두… 한 사람에게?"

"전멸했다."

"…열어라!"

육 좌위의 대답에 기 좌위가 놀란 눈이 됐다. 그리고는 아무렇게나 손을 휘저으며 소리쳤다.

궁 좌위와 육 좌위는 빠르게 입구로 빨려들어 가며 기 좌위를 노려보는 것을 잊지 않았다.


"대인!"

궁 좌위와 육 좌위는 방으로 들어서자마자 한쪽 무릎을 꿇었다.

대인이라 불린 사내는 두 사람이 들어왔음에도 분재(盆栽)

에 옮겨 심은 화초를 가꾸느라 여념이 없었다.

반백의 머리카락을 말끔하게 올려 쪽을 두른 노인.

이주지심원의 주인이자 천급 좌위를 키워낸 지심대인이 바로 그였다.

"무릎 꿇을 것 없다. 도왕까지 끌어낸 것은 훌륭했으니까. 십절이야 얼마든지 만들어내면 되고… 이 백홍, 어떠냐?"

덩치와 어울리지 않는 부드러운 목소리였다.

지심대인은 돌아서며 화초를 두 사람에게 보여주었다. 맑은 빛이 감도는 분홍색 화초가 화사하게 피어 있었다.

"도… 왕이 아니었습니다."

궁 좌위는 망설이다 입을 열었다.

"……?"

돌아선 지심대인의 얼굴에 의아함이 깃들며 유난히 진한 검은 눈썹과 굵은 콧수염이 꿈틀거렸다. 무슨 소리를 하느냐는 눈빛이 두 천급 좌위를 향했다.

"천마의 후예가 나타났습니다."

"천마의 후예?"

지심대인의 눈에 이채가 발해졌다.

궁 좌위는 분명 혈교가 아닌 천마라고 했다.

"십절 중 여덟이 놈의 손에 죽었습니다."

"혼자서 팔절을 죽였다고?"

"그렇습니다."

궁 좌위의 대답은 조금도 주저함이 없었다.

싸우는 광경을 모두 지켜본 그로서는 당연한 반응이었다.

'천마라면… 천좌를 마지막까지 몰아붙인 다섯 중 하나였지, 아마?'

지심대인은 굵은 눈썹을 연신 꿈틀거리며 아주 오래전 일을 떠올렸다.

여의단이 십인회 총단으로 향했다는 보고를 받았을 때는 웃었고, 도왕이 모습을 드러냈다고 했을 때는 회심의 미소를 지었다.

그런데 느닷없이 천마의 후예란 놈이 나타나 일을 망친 것이다.

"조사해 봐, 천마의 후예인지 뭔지 하는 놈이 왜 갑자기 나타났는지. 삼왕과 그놈도 아닌 것들까지 신경 쓸 생각은 없으니까."

"존명."

지심대인은 물러가는 두 천급 좌위를 돌아보지도 않고 밖을 향해 시선을 던졌다. 그리고는 누군가에게 묻듯이 입을 열었다.

"천마라……. 변수군. 그렇지 않느냐, 진?"

"그리 대단한 변수는 아닙니다, 대인. 어차피 십절은 없어질 소모품이었고, 도왕이 아닌 천마란 자가 한 것뿐입니다."

나직한 목소리와 함께 모습을 드러낸 자는 눈썹이 반달 모양으로 휘었고, 턱은 뾰족해서 집요한 성정이 느껴지는 서른 초반의 사내였다.

"진, 네가 알아서 처리할 수 있겠느냐?"

"실망시켜 드리지 않겠습니다."

"거사에 지장이 생기면 안 된다."

지심대인은 타이르듯이 말했다.

"명심하겠습니다."

"그래. 팔절을 혼자서 죽일 정도의 고수라니… 휴와 함께 가라."

"휴, 휴와 함께… 입니까?"

진의 눈이 차갑게 가라앉았다.

명백한 질시의 눈빛이었다.

"천급 좌위 중 다섯도 뽑아 가거라. 십절이 만들어낸 소동은 시작에 불과하다는 것을 세상에 알려줘야지. 그래야 삼왕과 그놈도 나설 테니까."

지심대인은 '그놈' 이란 말에 지나치게 힘을 주었다.

'대인께선 지나치게 여의단주 사마중경을 신경 쓰신다. 구대문파는 이미 여의단주보다 여의총령의 말을 더 신뢰하고 있는데……. 유일하게 대인께서 세 번이나 입에 올린 이름이 사마중경이다. 어째서 그자에 대해 저토록 신경을 쓰시는 거지?

진의 궁금함은 입 밖으로 나오진 못했다. 감히 지심대인의 말에 토를 달 수는 없는 까닭이다.

'휴, 놈이었다면 분명 대인의 기분을 거스르지 않는 범위에서 물었겠지. 제길.'

휴의 얼굴이 떠오르자 진의 인상이 저절로 구겨졌다.

항상 자신보다 앞서 있는 것 같은 놈.

휴에 대한 열등감이 만들어낸 질투였다.

"다녀오겠습니다."

진이 빠르게 방 한쪽으로 사라지자, 지심대인은 화초로 다시 고개를 돌렸다.

"청죽림에 휴와 진이 함께 움직인다고 전해라."

"존명."

대답은 천장 위에서 흘러나왔다.

천장에 얼룩이 진다 싶은 순간, 얼룩은 이내 인간의 얼굴로 화했고, 입을 열어 대답했다.

"거름을 뿌렸으니……."

지심대인은 분재에 채운 흙을 손가락으로 눌렀다.

그러자 백홍은 조금 전보다 손가락 마디 하나는 더 커진 듯 보였다.

"백홍아, 기름진 흙에 뿌리박기 쉽지? 이젠 아름답게 피어서 내 눈을 즐겁게 해줄 일만 남았구나. 거름도 주고 뿌리도 바르게 내리도록 해줬으니 이젠 네가 알아서 커야 하느니."

지심대인의 입가에 미소가 얹혀졌다.

청죽노야는 은동, 금홍, 백웅이라고 했고, 지심대인은 거름, 뿌리, 꽃이라 했다. 다른 비유일 뿐 같은 의미를 담고 있는 것이다.

"천좌, 네 덕분에 소흘류(素屹流) 비전을 완성하게 됐구나.

너의 무공과 형(形)은 같지만, 그 안을 채우는 것은 나의, 아니, 우리의 소홀이지. 오백 년 전 무적이라 불리던 네가 완벽하게 깨뜨리지 못했던 그 호벽강기 소흘 말이다.”

팟!

지심대인이 눈을 번쩍이자, 백색 광채가 방 전체를 감쌌다가 지심대인의 몸으로 빨려들어 갔다.

분명 조금 전까지만 해도 존재하던 물체들, 탁자며 의자며 고풍스럽던 병풍까지 모두 사라졌다. 마치 백색 광채가 그 모든 것을 품고 지심대인의 몸으로 들어간 것처럼.

*　　　*　　　*

여의단 중앙 전각의 최상층.

오직 한 사람, 여의단주만이 기거할 수 있는 여의단주의 거처였기 때문이다.

“도왕이?”

중년인, 실제 나이는 칠십이 넘었으나 겉으로 보기엔 중년인으로 보이는 여의단주 사마중경의 입에서 놀란 목소리가 흘러나왔다.

여간해선 놀라는 법이 없는 사마중경이기에 보고를 올린 자인건 총사가 오히려 왜 놀라느냐는 듯이 쳐다봤다.

“총령이 아직 그곳에 남아 있는 관계로 정확한 소식은 아닙니다. 하나 도왕께서 그곳에 나타나신 것은 확실한 것 같습니다. 십인회 총단에서 멀지 않은 곳에서 도왕을 본 자가 있습니다."

"도왕이 누구의 초대도 받지 않고 자의로 나타났다? 혹시……."

'혹시?'

자인건은 사마중경의 의미심장한 표정에 눈을 가늘게 뜨며 쳐다봤다.

"미친 거 아니야?"

"쿨럭쿨럭!"

생각지도 못한 사마중경의 말에 자인건은 대답 대신 격한 기침을 쏟아냈다.

"자 총사, 왜 그러나?"

사마중경이 능청스럽게 물었다.

"아, 아닙니다."

"놀랐지? 그렇지?"

"…아닙니다."

"에이, 아니긴. 표정을 보니 놀랐는데?"

"안 놀랐습니다, 단주님."

"정말?"

"예."

"알았어. 많이 놀라진 않은 모양이군."

사마중경은 장난기 어린 표정을 거두지 않았다. 하나 자인 건이 입을 일자로 꾹 다물자 재빨리 말을 이었다.

"그나저나 도왕이 왜 거길 간 거지? 아무리 생각해도 이해할 수가 없군. 조금이라도 피해가 있으면 나서지 않는 사람이 말이야. 그건 그렇고, 아까 황보세가가 파천마궁을 막아냈다고 했던가?"

"예, 그렇습니다."

"그게 말이야, 내 기억으로는 황보세가란 곳이 파천마궁을 막을 정도로 강한 세가가 아니란 말이지."

"단주님의 기억은 정확하십니다. 황보세가는 불과 일 년 전에만 해도 절정고수 둘이면 꼼짝없이 멸문될 정도였지요."

"그런데 지금은 그렇지 않다?"

"지금은 십대세가를 지부처럼 다루고 있는 명실상부한 십일대세가의 수장이 됐습니다."

"수장? 게다가 십이대세가가 아니고 십일대세가는 뭐지?"

"단주님께서 너무 오랜만에 오셔서 보고드릴 기회가 없었습니다. 십인회의 손길이 그만큼 강호 곳곳에 퍼져 있음을 뜻한다 하겠습니다."

"자 총사, 황보세가 얘기를 해보라니까, 또 십인회 얘기는 뭐지?"

"십인회에서 혁련세가를 이용했습니다. 혁련세가를 이용해 각지에 자리 잡고 있는 십이대세가의 정보를 취하겠다는 계획이었지요. 한데, 십인회에서 간과한 부분이 있었습니다. 바로 황보세가지요. 아니, 황보세가의 식객 한 명이라는 것이 정확합니다."

“식객?”

“황보세가를 건드렸다는 이유 하나만으로 혁련세가는 기왓장 하나 남기지 못하고 사라져야 했습니다. 식객 한 명이 한 일입니다.”

“호오! 괴물 식객이군?”

“괴물이란 표현이 적당합니다. 그 식객이 바로 천마니까요.”

“……!”

사마중경은 깜짝 놀라 자인건을 빤히 쳐다봤다.

어디서 들어본 말이라고 생각하다 조금 전에 자인건의 한 말이 떠올랐다.

“십인회를 뭉갰다던 그 천마?”

“그렇습니다.”

“파하하! 스스로 천마라고 한 자가 고작 황보세가의 식객으로 들어갔다고? 정말 흥미로운 자가 아닐 수 없군. 흥미로워. 바닥까지 마른 우물을 우격다짐으로 파내서 다시 물을 채웠다는 건데, 천마가 황보세가를 보호하는 이유가 뭐지? 가만, 이상한데? 파천마궁은 혈교에서 파생된 곳이잖아?”

천마와 혈교의 관계, 혈교와 파천마궁의 관계.

결국 뿌리는 하나였다.

사마중경의 인상이 찌푸려졌다.

“여러 가지 정황을 통해 내린 한 가지 추측이 있습니다. 말씀드려도 되겠습니까?”

자인건은 사마중경의 말이 끝나길 기다렸다가 가볍게 대답했다.

"자 총관이 내린 추측이라면 정확하겠지. 말해봐."

"십인회 총단은 원래 파천마궁의 본진이었습니다. 황보세가를 공격한 곳은 파천마궁이었지요. 천마는 십인회를 공격하려 한 것이 아니라, 파천마궁을 응징하러 간 것이 아닌가 여기고 있습니다."

"응징? 천마가 파천마궁을?"

사마중경은 자인건의 설명에도 이해가 되질 않았다.

"천마란 자는 그런 개념이 없는 것 같습니다."

"파하하! 개념이 없다?"

사마중경은 자인건의 말에 파안대소를 터뜨리고 말았다. 묘하게 설득력이 느껴진 까닭이다.

"그 개념없는 천마를 만나보고 싶군."

"아까부터 말씀드리고 싶었습니다만, 단주께선 천마란 자에 대해 아는 것이 있으십니까?"

자인건은 자신이 모르는 무언가를 사마중경이 알고 있을 것이라는 확신에 찬 눈빛을 했다. 정확한 무위도 드러나지 않은 천마에게 사마중경이 흥미를 느끼는 건 있을 수 없기 때문이다.

자인건은 사마중경의 표정을 살피며 시선을 거두지 않았다.

"뭐가 궁금한데?"

"제가 보고드린 자는 천마인데, 단주님께서 말씀하시는 천마와 동일인물인지 궁금합니다."

두 사람 사이에 잠시 침묵이 흘렀다.

사마중경은 대답하지 않았고, 자인건은 대답을 기다렸다.

"역시 자 총사야. 자 총사가 말한 천마와 내가 생각하는 천마가 동일인물이냐? 글쎄. 그건 내가 직접 봐야 알 수 있겠지."

사마중경은 꽤나 담백하게 말했다. 하지만 너무도 당연한 대답이기에 자인건의 표정엔 곤혹스러움이 떠올랐다.

"이백 년 만이야, 천마가 다시 나타난 건."

"예? 그럼 이전에도 천마가 있었다는 말씀이십니까?"

"왜 이래, 아무것도 모르는 사람처럼. 혈교가 있었잖아. 자 총사를 죽일 뻔한……."

"단주님!"

자인건은 대화를 시작한 이래 처음으로 큰 소리를 냈다.

"알았어. 알았다고. 내 생각엔 혈마는 전대 천마의 제자인 것 같아. 그리고 이번에 나타난 천마란 자는 혈마의 제자고 말이지. 청출어람이란 건가?"

사마중경은 말을 멈추며 혼자서 피식 웃었다.

"……?"

자인건은 한순간 자신이 무척 멍청해진 기분이 들고 말았다. 사마중경의 말을 알아듣지 못한 탓이다.

"혈마, 생각할수록 대단하군. 하긴, 구대문파 장문인 넷에 쌍선까지 지키고 있는 곳을 단신으로 뚫고 들어온 자이니 당연한 말이지만."

'혈마······.'

자인건은 생각만 했을 뿐인데도 등이 서늘해졌다.

혈마는 혈광으로 전신을 감싼 채 구대문파 장문인 넷의 공격을 뚫고서 쌍선 앞에 섰다. 쌍선과 대치한 당시 혈마의 모습은 마신 그 자체였다.

"쌍선마저 자리에 계시지 않았거나, 단주님께서 조금만 늦었어도 저는 죽었을 겁니다."

"노인네가 뭔 기백이 그리 무시무시하던지. 역대 사파제일 고수 중 가장 열혈이었어. 단신으로 여의단주와 원로들이 모두 자리한 곳을 찾아오다니. 파하하!"

사마중경은 당시의 혈마를 떠올리며 자신도 모르게 크게 웃었다. 언제나 당당하게 맞서길 주저하지 않던 사마중경을 기백만으로 물러서게 만든 유일한 사람이 혈마였다. 오백 년 전, 천좌를 천산 끝까지 몰아붙인 다섯 고수 중 한 명의 후예인 사마중경을.

정파와 사파를 대표하는 두 사람이 만났으니 싸움은 당연했으나, 싸움은 삼십 초를 넘기지 못하고 멈춰야 했다.

먼저 손을 멈춘 쪽은 사마중경이었다.

당연히 혈교의 무리가 혈마에 이어 들이닥쳐야 하는데 너무도 조용했고, 싸우는 내내 혈마는 알 수 없는 말을 했다.


"내 부인을 어떻게 했느냐?"

아직도 생생히 기억나는 이름이었다.

그 이름이 아니었다면 사마중경과 혈마 둘 중 한 사람은 목숨을 잃었을지도 모른다. 그만큼 혈마의 무공은 강했다.


“지매의 행방을 모르겠구려.”


사마중경 역시 부인이 사라진 뒤였다.

서로가 서로를 의심하게 만들어 최악의 순간까지 가게 된 원인이다.

나중에야 알게 됐다. 누군가가 두 사람의 부인을 납치한 후 여의단과 혈교가 사생결단하게 만들었다는 것을.


“다 죽인다!”


혈마의 목소리는 잔잔했으나 오히려 포효하는 사자보다 더욱 무섭게 느껴졌다.

그 속이 어떨지 지켜보던 사마중경은 너무나 잘 알고 있었다. 부인을 잃은 슬픔은 그 역시 마찬가지였으니.

혈마는 소문처럼 피에 미친 자가 아니었다.

오히려 멋있었다.

그러나 오해가 풀렸다고 해서 두 사람의 부인이 돌아오는 것은 아니었다.

그날 이후, 사마중경과 혈마는 모든 것을 버렸다.

여의단과 혈교의 충돌은 거의 일어나지 않게 됐고, 얼마 후엔 혈마가 혈교를 해체시키고 종적을 감췄다는 소문을 들었다.

그것이 벌써 사십여 년 전의 일이다.

십 년 후, 사마중경은 사마화인을 새로 얻은 부인에게서 얻었고, 사마화인이 스무 살 되는 해에 그 역시 여의단의 모든 일에서 손을 뗐다.

'그들이 이렇게 허술할 리 없다. 십인회가 어떤 식으로든 그들과 연관이 있는 것은 분명하지만, 그들은 어둠 속에 완벽하게 정체를 숨기고 있다. 그자… 분명히 '우리'라고 했다. 더 있어. 하나 몇 명이 됐든 너희들은 내 손에 죽는다. 반드시!'

사마중경의 눈에 한광이 일렁였다 사라졌다.

자인건은 순간적으로 등골이 서늘해지며 전신이 마구 떨렸다.

"초, 총령이 돌아오는 대로 단주님을 만나 뵈라 이를까요?"

의지와 상관없는 겁먹은 목소리가 자인건의 입에서 흘러나왔다.

"…아니… 잘하겠지."

알리지 말라는 뜻이다.

하루에도 몇 번씩 보고 싶은 아들과 부인이지만, 첫 부인 당예지를 납치한 자들을 처리하지 않고는 마음껏 사랑할 수도 없었다. 마음이 허락하질 않았다.

참고 있는 것이다.

지켜주지 못한 당예지에 대한 미안함으로 참고 있는 것이
다.

"단주님, 언제 전해주실 생각입니까?"

"뭘 전해주라는 거지?"

"단주님께 혹시라도 변고가 생기면 총령이 혼자서 뒷감당
하기는 벅찹니다."

"엥? 자 총사, 내가 빨리 죽길 바라고 있던 거야?"

"그, 그게 아니라……."

"실망이야. 그래서 그랬던 거군."

"다, 단주님, 오해십니다."

"그럼 따로 인원을 뽑아 사파의 움직임 좀 관찰해 줘."

"예? 그것과 그것이 무슨……."

"내가 줄 건 다 줬어. 화인이 녀석에게 아직 인연이 닿지 않
은 것뿐이야."

"……?"

"내가 뇌정구를 손에 놓은 게 언제쯤인 것 같나, 자 총사?"

"모든 것을 총령에게 맡기신 이후로 기억합니다."

"도왕이 화인이를 죽이려고 했으면 더 빨리 얻었을 수도 있
는데… 아무튼 화인이 일은 신경 쓸 것 없어. 내가 다 안배를
내놓았거든. 흐흐흐."

"……."

자인건은 음흉하게 웃는 사마중경을 보며 의아한 표정을 풀
지 못했다. 더구나 사파삼대세력이라면 이미 조사를 하고 있

는 상황이다.

"사파삼대세력만 사파인가? 여의단이 정파의 일부분이듯이 그들 역시 사파의 일부분일 뿐이야. 그들 외의 사파 세력을 조사해 봐."

"……!"

자인건은 사마중경이 마음 내키는 대로 명령을 내리는 사람이 아님을 누구보다 잘 알고 있었다.

무언가를 포착하지 않으면 결코 말하지 않는 사람이 사마중경이기 때문이다.

*　　*　　*

호남성 장사(長沙).

병풍처럼 두르고 있는 악록산(岳麓山)을 정면으로 마주하며 나가다 보면 그 아름다움에 취해 길을 잃기 십상이 되고 만다.

십인회 괴멸 소식은 삽시간에 강호 전역에 퍼졌다.

그곳에 있었던 여의칠기군과 빙궁의 고수들에게로 질문이 쏟아진 것은 당연했다.

십인회를 괴멸시킨 자가 누구냐?

언제나 똑같은 질문에 여의칠기군들은 고개만 가로저었다. 하나 소문이란 것이 그리 쉽게 막아질 리가 없다.

소문은 그들의 침묵을 뚫고 끄집어내어 천하 각지로 뻗어나갔다.

　장사는 경관이 아름답기로 소문난 지역이라 그런지 유난히 사람들이 많았다.

　"주군, 어디로 모실까요?"

　악승의 눈이 빛났다.

　풍족한 음식과 편안한 잠자리가 사방에 널려 있었다.

　십인회 총단에서부터 이곳까지 오는 동안 제대로 쉰 적이 없었다. 음식 냄새로 입에는 침이 고였고, 주린 배와 다리는 풀려 버렸다. 물론 용악의 허락을 얻기 위해 일부러 그런 척한 것뿐이었다.

　그런 악승을 지나가는 행인들이 이상한 눈으로 힐끔힐끔 쳐다봤다.

　그때, 용악이 어딘가를 가리켰다.

　"저긴가 보다."

　"……?"

　악승은 용악이 마치 미리 예약이라도 해놓은 사람처럼 성큼성큼 주루로 향하자 의아한 표정이 되고 말았다.

　용악이 향하는 곳.

　웬 말끔한 차림의 청년이 허리를 숙이고 있었다.

　'누구지?'

　용악과 관련된 사람 중에 악승이 모르는 인물이 있을 리가 없었다. 안력을 돋워 청년을 뚫어져라 쳐다봤다. 하나 아무리 봐도 아는 얼굴이 아니었다.

“주군, 저 애송이는 누굽니까?”

바람을 일으켜 순식간에 용악의 곁으로 다가선 악승이 물었다.

“몰라?”

“제가 아는 애송이입니까?”

악승은 정말로 청년을 처음 본다는 태도를 취했다.

그 모습에 용악의 입가에 미소가 그려졌다.

용악과 악승을 마중 나온 청년은 혈강시 열 구의 주인이 된 시마 공투였다. 용악으로선 당연히 웃음이 나올 수밖에 없었다.

“잘 봐.”

“잘… 봤습니다.”

악승은 고개를 가로저으며 어서 설명을 해달라는 표정으로 용악을 쳐다봤다.

“눈썰미 하고는.”

용악은 낮게 한숨을 내쉬며 주루 안으로 들어갔다.

“넌, 누구냐?”

빙긋.

청년은 대답 대신 웃었다.

아무리 모양새가 우습게 변했다고 해도 악승이었다.

사림의 대장로 악승을 비웃는 애송이 따윈 세상에 존재할 필요가 없는 것이다.

“웃어? 그럼, 죽어야지.”

악승의 입가에 사악한 미소가 얹혀졌다. 이내 전신에선 마기가 일어나며 살기와 어우러져 무서운 예기를 청년의 사혈로 집중시켰다.

"아, 악 대협, 접니다. 공투. 시, 시마 공투요."

"……."

악승은 언제 일으켰느냐는 듯 살기와 마기를 거두었고, 멍한 표정으로 공투의 얼굴을 자세히 뜯어보았다. 그리고는 넋이 나간 사람처럼 웅얼거리며 안으로 들어갔다.

"시마, 뭐 하나? 주군께 방부터 안내하지 않고."

"예? 예."

공투는 악승이 거짓말처럼 살기를 거두는 것을 보고 나서야 안으로 들어갔다.

'정말이구나. 내가 정말 시마가 됐구나.'

악승의 말투로 인해 자신이 시마라는 것을 다시금 깨달은 공투는 양손을 불끈 쥐었다.


용악과 악승, 공투가 주루 안으로 들어간 직후 거리 저편에서 한 명의 무인이 모습을 드러냈다. 움직일 때마다 등에 수평으로 매달린 도가 규칙적으로 흔들렸다.

도만 아니었으면 무인이라 여기기 힘든 미려한 얼굴.

사내는 서른 초반의 미남이었다.

제대로 걷기조차 힘든 인파, 지나가며 나누는 대화, 다리 사이를 요리조리 피하며 지나가는 개와 닭.

사내가 인상을 쓰도록 만드는 것들이 너무나 많았다.

하지만 인상을 쓴 사내의 얼굴은 또 다른 매력으로 보이기에 충분했다.

"어딜 그리 급히 가나?"

툭툭툭.

봉으로 땅을 찍으며 다가오는 일단의 무리.

그들 중 두목으로 보이는 애꾸눈 한 명이 땅에 침을 뱉으며 고까운 눈으로 사내를 쳐다봤다.

사내는 곧 포위됐다.

"너, 정파지?"

애꾸눈이 대뜸 물었다.

사내는 대답하지 않았다.

"두목, 물어볼 것 없습니다. 얼굴에 적혀 있잖아요. 난 정파, 이렇게요. 쿠헬헬."

패거리 중 한 명의 비웃음에 거리는 일제히 웃음바다로 변했다.

"정파……."

사내의 목소리는 흐드러지는 웃음 사이를 뚫고 패거리들의 귀에 정확하게 꽂혔다.

"다시 묻겠다. 너, 정파지?"

"사파라면?"

"흐흐흐. 목숨이 귀한 줄은 아는 모양이구나. 좋다, 사파라고 인정해 주마. 단, 그 등에 멘 도를 주면."

애꾸눈이 탐욕스런 눈으로 사내의 등에 매달린 도를 쳐다봤다.

"거렇지. 짭짤한 표물을 포기한 대가는 있어야지. 좋은 말로 할 때 언능 도 풀어서 두목께 바쳐라, 응?"

패거리 중 하나가 또다시 바람을 잡았다.

"내 도를 달라고?"

한순간, 사내의 신형이 패거리들 시야에서 사라졌다가 애꾸눈 앞에 나타났다.

애꾸눈이 깜짝 놀라 뒤로 한 걸음 물러서려 했다. 하나 그것은 사내의 허락이 있어야 가능했다.

턱.

애꾸눈의 어깨에 무언가 닿았다.

"으으윽!"

애꾸눈이 갑자기 고통스러운 비명을 지르며 바닥에 무릎을 꿇었다. 어깨에 올려진 것은 사내의 도였다.

"괜찮은 표물이라고 했느냐?"

"…그, 그렇……."

"어디."

"저, 저 고개 너머……."

애꾸눈은 끝까지 말하려고 했다.

말을 하는 동안은 살 수 있을 줄 알았기에.

쐐액―!

사내의 손에서 은사가 일렁였다.

도를 눈에 보이지 않는 속도로 휘둘러야만 생길 수 있는 잔영이 그렇게 보인 것이다.

사내는 애꾸눈이 가리킨 방향으로 몸을 돌렸다. 아니, 돌리려던 신형이 거짓말처럼 멈췄다. 그리고는 천천히 고개를 들었다.

오른쪽 주루의 이층 창가에서 사내를 보고 있는 시선이 있었다. 세모꼴 눈의 투실투실한 얼굴의 주인, 악승과 눈이 마주친 것이다.

"빠르군."

악승은 사내를 칭찬하듯 고개를 끄덕거렸다.

'뭐지, 저 둔하고 못난 돼지는?'

사내는 악승의 같잖은 행동에 어이가 없었다.

눈 한 번 깜빡일 정도의 시간이 흘렀고, 사내는 악승을 향해 씨익 웃었다.

"금방 돌아오지."

사내의 혼잣말은 악승의 귀에 온전히 꽂혔다.

"뿌웁. 역시 젊다는 건……."

악승은 느물거리는 웃음을 지었다.

사내가 돌아와서 뭘 하고 싶은지 굳이 물어볼 필요도 없었다. 하나 대답을 하기보단 용악에게로 눈을 돌렸다. 그 모습은 아래쪽에서 보기엔 시선 회피로 보이기에 충분했다.

"이미 늦었다."

사내가 조소와 함께 신형을 날려 악승의 옆을 지나치려 했다.

‘둘이 더 있었나?’

사내는 악승이 혼자가 아니란 것을 알았으나, 악승의 앞에도 누군가 있을 줄은 몰랐다는 듯 이채를 발했다. 그것뿐이었다. 한 명이든 두 명이든 사내에겐 그다지 중요하지 않으니.

‘일행을 믿기엔 애송이들이군.’

돌아와 죽일 자들이 셋으로 늘었을 뿐 그 이상도 이하도 아니었다.


‘도기를 뽑아내어 사용한 것이 아니라… 마치 도를 쪼개서 채찍처럼 만들어 사용했다.’

멀어지는 사내의 뒤를 용악의 시선이 쫓았다.

패거리들을 벤 사내의 수법은 일반적인 무공과 그 궤를 달리하고 있었다.

“주군, 애송이에게 간단히 훈계 좀 하겠습니다.”

“다시 온다잖아.”

“예? 기다려 주실 겁니까?”

“씻고 옷 갈아입을 때까지 오면. 악승이 돌아오게 만든 데엔 이유가 있겠지. 나중에 이유나 알려줘.”

용악이 일어나자 공투가 공손한 자세로 뒤따랐다.

‘백 년 전에 사라진 무공, 도편(刀鞭)이라……’

악승은 사내가 사라진 쪽을 돌아보며 세모꼴 눈을 빛냈다.

사내가 패거리들을 자른 무공은, 악승이 혈교에 몸담기 전부터 알고 있던 무공이다.

사파제일을 꿈꾸다 천마와 혈교에 패해 사라져야 했던 백명의 마인, 백마(百魔). 그중 이격의 도편이 분명했다.

"픕. 일부러 기를 드러낸 보람이 있는 건가?"

악승의 입가에 만족스러운 웃음이 번졌다.

악승은 이격의 도편을 알아본 즉시 사내가 돌아보도록 일부러 살기를 일으킨 것이다.

백마의 무공에 관심은 있지만 그렇다고 초대까지 해서 보고 싶은 정도는 아니었다. 단지, 사파의 종주인 천마께서 계신 자리라는 것을 알려주려 했다.

第三章
백마

천산마제

“천마래.”

표물을 운송하던 진가표국의 표사 고담은 그늘로 이동하며 한마디 툭 던졌다. 십인회를 누가 괴멸시켰는지에 대한 대답이었다.

진가표국의 다른 표사들은 고담의 말에 콧방귀를 뀌거나 고개를 끄덕이며 한자리에 모여들었다.

마차 한 대와 짐마차 하나가 이번 표행의 전부이기에 여유를 부리는 것이다.

마차에는 두 명의 일남일녀가, 다른 짐마차에는 물건이 가득히 실려 있었다.

“고 표사는 다 좋은데, 너무 경솔해.”

"에? 계 표사, 천마 몰라?"

"천마는 알지."

"그럼 답 나오잖아. 천마 아니야?"

"쿵. 말이 되는 소릴 해. 사파에서 퍼뜨린 소문 따위, 잊어버리라고. 십인회는 도왕에 의해 기왓장 하나 남지 않았대. 도왕을 직접 본 사람을 내가 만났잖아."

"어이구, 그러서? 표행 나오기 전에 잠깐 들른 모양이지? 왜, 도왕을 직접 뵈었다고 하지?"

비아냥거리며 다투던 두 사람은 주먹다짐이라도 할 것처럼 서로를 노려봤다. 듣고만 있던 표사들은 옷깃으로 땀을 훔치며 두 사람을 만류했다.

이어진 대화에는 다른 표사들도 끼어들어 여의칠기군, 여의총령, 빙제, 빙궁 등 안 나온 이름이 없었다.

정파인이었다면 도왕을, 사파인은 천마를 지지했겠지만 표물을 운반하는 표사들에겐 딱히 그런 구분이 있을 리 없었다.

어느 쪽이든 자신들을 편하면 돈 벌 수 있게 해주는 쪽이 최고인 까닭이다.

표사들이 이런저런 시답잖은 농담으로 시간을 보낼 때, 표사 중 한 명이 고개를 옆으로 뺐다.

"얼레? 저 사람 도가 희한한데?"

길 저편에 걸어오는 누군가를 본 모양이다.

표사들의 시선이 일제히 돌아가 한 사람에게 꽂혔다.

길을 따라 걸어오는 삼십대 초반의 사내였다.

대개 도는 사선으로 등에 매지만 그는 특이하게도 도를 평행하게 매고 있었다.

"특이하긴 하네."

다들 신기해하며 사내를 구경했다.

'특이하구나. 도를 수평으로 메고 있어? 사편(絲鞭) 나철이라도 흉내 내려는 거야, 뭐야?'

고담은 고개를 갸웃거렸다.

사편 나철이란 자는 최근 들어 유명세를 떨치는 살성이었다. 그가 무엇 때문에 살인을 하는지 알려진 바는 전혀 없었다.

"쉿. 저 자, 도를 특이하게 메고 있지 않아? 마치… 사편 나철처럼 말이야."

"사, 사편!"

"조, 조용히! 그러다 진짜면 어쩌려고!"

고담은 최대한 목소리를 낮춰 동료들에게 경고했다.

"진짜는 무슨. 사편 나철과 같은 살성이 저 사람처럼 착하게 생겼대?"

표사 한 명이 웃으며 사내를 가리켰다.

사내는 정말 훤한 이마에 단정한 이목구비를 지니고 있어 착해 보였다.

그때, 사내의 고개가 돌려지며 고담과 눈이 마주쳤다.

사내는 가벼운 손짓으로 고담을 부르는 시늉을 했다.

"목이 마르다."

"……!"

고담은 등골이 오싹해지며 부리나케 나철을 향해 물병을 들고 튀어갔다.


'왔다!'

마차 안의 여인은 도를 멘 사내가 나타나는 순간 살기를 감지하고 아랫입술을 지그시 물었다.

면사 아래 드러난 목과 손이 하얗고 부드러웠다.

감았던 여인의 눈이 떠지자 하얗기만 하던 얼굴에 검은 진주들이 자리를 잡아갔고, 살결과 머리칼의 흑백 조화만큼이나 아름다운 눈빛이 마차를 밝히는 것 같았다.

"어찌할까요?"

그렁거리는 낮고 무거운 음색.

감정이라고는 찾을 수 없는 목소리였다.

절망이라 표현해도 모자랄 무표정함이 여인의 앞에 자리한 사내의 눈동자에 떠올랐다.

"나 사도예요. 여기까지 쫓아왔다는 것은 피할 수 없다는 의미겠지요, 묵 사도(使道)."

여인의 목소리엔 기이한 마력이 담겨 있어서, 사내에겐 생기지 않을 것 같은 감정이 눈을 통해 드러났다.

여인이 묵 사도라 부른 사내의 이름은 묵환.

여인을 모시던 다섯 사도 중 유일하게 살아남은 자였다.

"신녀께선 나오실 것 없습니다."

묵환이 마차 문을 열고 밖으로 나가자, 허공으로 뿌려지는 붉은색 물감이 보였다.

나철에게 물을 가져다주던 표사의 피였다.

묵환의 몸에서 '끄드덕' 하는 소리가 났다.

신체를 철보다 단단하게 바꿔주는 기공인 태묵신(態墨身)을 운용하는 것이다.

"도망쳐라."

묵환이 굳이 가리키지 않아도 표사들은 엉거주춤 일어나마자마자 내달리기 시작했다.

"묵환, 태묵신으로 내 도를 막을 수 있을까?"

"한 번. 그거면 족하다."

묵환은 단어 몇 개를 짧게 끊어서 대답했다.

"한 번? 나 혼자라면 그렇겠지."

나철이 손을 들어 올렸다.

쉬악!

표사들이 도망간 곳으로부터 섬뜩한 예기가 바람을 타고 전해왔다.

쏴아아.

바람은 나철에게 닿고서야 멈췄다. 인간의 형상으로 화하며.

"만화(萬化)."

묵환의 입에서 침음이 흘러나왔다.

나철 혼자라면 여인을 지킬 수 있겠으나, 만화까지 함께 온 이상 불가능해지고 만 것이다.

그때였다.

"혈교는 참으로 위대하구나. 백년지약조차 이행하지 못하는 우리의 심지로 그 벽을 어찌 넘을까. 저는 돌아가지 않습니다. 백 년보다 더 대단한 하루가 있다는 소린 들어본 적도 없습니다. 그 하루를 위해 움직였던 분들과는 한시도 같이하고 싶지 않습니다."

낭랑한 여인의 목소리가 교교히 퍼져 나갔다.

나철과 만화의 눈빛이 크게 흔들렸다.

"신녀시여, 그것은 필연적인 일이었습니다. 백마신교의 힘은 세 개로 갈라진 혈교 따위와 비할 바가 아닙니다."

나철의 목소리는 지극히 공경했다.

"그토록 힘이 강해서 교주님을 시해했나요? 경천수라(驚天修羅)는 결코 교주에 오르지 못할 거예요. 그를 따르는 당신들 역시 교도로 인정하지 못합니다."

마차 안에서 여인의 목소리가 다시 들려왔다.

나철과 만화의 시선이 마주쳤다.

순순히 따라오지 않는다면 남은 방법은 한 가지뿐이었다.

"묵환, 너만 오면 된다. 신녀를 모시고 백마신교의 이름으로 사파를 일통시키자."

"신녀는 내가 모신다."

묵환은 나철을 노려보며 말했다.

"함께……"

"내가. 모신다."

나철은 묵환이 말을 자르자, 그동안 몇 번이나 경험했던 묵환의 고집에 고개를 내저어야 했다.

'회유가 불가능하다면 죽일 수밖에.'

지금까지 그래 왔던 것처럼 나철은 최후의 방법을 떠올렸다.

"결국 일곱 사도만이 남는 건가?"

지금까지 조용히 있던 만화가 입을 열었다.

감정을 드러내는 만화가 아니었으나, 벌써 십육사도 중 여덟이 죽은 후였다. 더 이상의 죽음은 방관하고 싶지 않은 것이다.

"내 탓이 아니다. 경천수라 탓이다."

묵환의 대답이었다.

쩌엉!

나철의 예기와 묵환의 태묵신이 충돌을 일으키며 소리를 냈다. 가까운 거리인 만큼 짧고 굵직했다.

두 사람, 아니, 만화까지 세 사람은 무형진기를 자유자재로 사용할 정도의 고수들이었다. 절정고수들이라 불려도 하나의 손색이 없었다.

'강하다!'

묵환은 태묵신을 펼친 상태에서 칼에 베인 것 같은 아픔이 느껴졌다. 보름 동안 휴식을 거의 취하지 못해 많이 약해진 것이다.

나철은 묵환을 노려봤다.

수적으로 열세였던 처음이나 지금이나 묵환은 뜻을 굽히지 않았다.

경천수라 주덕이 교주 자리에 오른 이상 저항은 무의미했다. 그것을 누구보다 잘 아는 묵환이었다.

"그만 좀 해라, 묵 사도!"

화앗!

나철의 도가 풀렸다. 도끝에서 시작된 은사 모양의 기가 묵환의 태묵신을 휘감았다.

"이대로 당기면 넌, 죽는다."

"해봐."

묵환은 눈 하나 깜빡이지 않았다.

묵환 역시 알고 있었다, 나철의 도편을 피해도 만화가 기다리고 있음을.

신녀가 있는 마차를 슬쩍 돌아봤다.

최선을 다하면 그것으로 족했다.

"포기하지 마세요."

'……!'

묵환의 귀로 환청처럼 신녀의 목소리가 들려왔다. 동시에 나철의 도편이 묵환을 조여왔다.

뚝.

묵환을 조이던 도편이 태묵신과 부딪치자마자 잘려져 나갔다.

"뭐, 뭐냐!"

나철이 경악하며 소리쳤다.

어리둥절하긴 묵환 역시 마찬가지였다.

'기회!'

태묵신이 공기를 가르며 움직였다.

촤아앗!

아직 묵환의 태묵신을 감싸고 있던 나철의 진기가 찢어지며 소리를 냈다.

검은 주먹이 수십 개로 번지며 나철의 공간을 때려댔다.

쾨쾅!

나철은 묵환의 주먹을 도신으로 막고, 호신강기로 막으며 연신 물러났다.

"만 사도!"

도우라는 외침이었으나, 만화는 두 사람의 싸움을 보고 있지 않았다.

"경천수라께서 왜 신녀를 반드시 생포해 오라고 했는지 알겠군요. 그 힘……."

"힘이 아니에요, 만 사도."

"……!"

만화는 넋 빠진 표정으로 신녀가 타고 있는 마차를 쳐다봤다. 그의 혼잣말을 듣기엔 상당히 먼 거리였다.

"그, 그럼 묵 사도가 어떻게 맨몸으로 나 사도의 도편을 막은 겁니까, 신녀?"

"나 사도뿐 아니라 만 사도의 만화천력이었어도 마찬가지
였을 거예요."

"그러니까… 어떻게……."

"제가 신녀인 이유겠지요. 사도 간의 다툼은 곧 재앙. 그것
을 막는 것이 제 사명이에요, 만 사도."

신녀의 대답은 많은 것을 담고 있었다.

왜 백마신교를 나왔고, 왜 돌아가지 않는지에 대해서.

만화는 현 교주의 명령에 따라 신녀와 묵환을 데려갈 임무
를 띠고 왔다. 하나 나철의 도편을 찢는 묵환의 모습과 신녀의
목소리를 들으니 왠지 싸우기가 싫어졌다.

쾅!

나철과 묵환이 격하게 부딪쳤다 떨어졌다.

두 사람이 다시 격돌하기 위해 신형을 띄웠다. 이미 몇 차례
의 부딪침으로 대지에는 수많은 상처 자국이 생겼다.

헉헉대는 나철의 숨소리와 검은빛이 점점 회색으로 옅어져
가는 묵환의 지친 뒷모습이 만화의 눈에 들어왔다.

그때였다.

"붑. 엄청나군."

어디선가 가는 목소리가 들려왔다.

만화는 깜짝 놀라 신녀를 돌아봤다.

거대한 배를 두드리며 둥그런 얼굴을 한 노인이 서 있었다.
나철을 뒤쫓아 온 악승이었다.

"누구냐!"

만화는 곧장 바람으로 화해 악승을 공격해 갔다.

쉬악!

바람은 점점 얇아지더니 급기야 칼날처럼 번뜩이며 허공을 누볐다. 만화의 몸에서 빠져나온 진기가 바람의 형태로 변한 것이다.

“픕. 내 앞에서 바람을 일으켜?”

악승은 다가오는 불규칙한 바람의 날을 향해 수직으로 손을 내리그었다. 공간이 이지러지며 악승의 풍령과 만화의 바람의 날이 충돌을 일으켰다.

쾅!

“이, 이럴 수가! 내 바람이 깨져?”

만화는 경악에 찬 소리를 냈다.

악승이 만들어낸 공간의 이지러짐은 아직도 유지되고 있었다. 만화의 풍인(風刃)이 산산이 부서지며 바람이 되어 흩어졌다.

“이거 뭐야? 정말 바람이었다고? 애송아, 이 무공은 만화천력이 아니야?”

악승은 깜짝 놀라 아직도 날카로운 감각이 머물고 있는 손을 주억거렸다. 그만큼 만화의 풍인은 날카로웠다.

“사편에 이어 만화천력까지? 두 노마의 제자들이냐?”

묵환, 나철, 만화.

서른 초반의 세 사내에게서 느껴지는 힘은 웬만한 노마들보다 훨씬 강했다.

"그 무공이 풍령인가요? 혈교의 십대마인 중 풍령 악승, 악 대협?"

악승의 질문에 대한 대답은 마차 안에서 흘러나왔다.

"여자? 누군데 나를 아는 거지?"

악승은 마차 안에서 들려온 여인의 음성에 더욱 호기심 어린 눈이 됐다.

"신녀께 무례하지 마라."

만화는 악승이 마차에 다가가지 못하도록 소리쳤다.

"신녀? 신녀란 말이지?"

악승의 세모꼴 눈이 더욱 번들거렸다.

"신녀라고 하니까 이상한가요? 이상하게 생각하실 것 없어요, 악 대협. 신녀는 혈교에만 존재하는 것이 아니니까요."

마차 안에서 또다시 여인의 목소리가 들려왔다.

악승은 여인이 사술을 쓰고 있지 않다는 것을 알면서도 묘하게 울렁거림을 느껴야 했다.

"품. 그럼 너는 어디 신녀지?"

"글쎄요… 어디라고 할 것도 없지요. 지금은 저를 필요로 하는 곳이 없으니까요."

"…신녀는 신녀인데 딱히 몸담고 있는 곳은 없다?"

"그래요."

"신녀, 말을 아끼시오!"

악승과 신녀의 대화가 이어지려 하자 급히 만화가 끼어들었다.

"어이없는 대답이군. 파천마궁과 십인회를 제외하고 사라진 곳이 어디 있더라… 어디 보자……."

"악승, 너무 깊이 생각할 것 없다."

만화의 격한 외침이 다시 터졌다.

"악승? 없다? 이런 버르장머리없는 놈이 있나!"

악승은 자신의 말을 가로막은 만화를 보며 참았던 화가 폭발했다.

"그런다고 겁먹을 줄 아느냐? 어차피 우리 손에 무너질 혈교 따위에 기생하는 주제에……."

"…기, 기생……."

악승의 기가 곧이라도 폭발할 것처럼 들끓다가 만화의 한마디에 차분히 가라앉았다. 조금 전까지만 해도 나철을 데리고 놀려고만 했지 적대감을 갖거나 하진 않았다.

그러나 만화의 한마디로 그 모든 것이 사라졌다.

세모꼴 눈에서 살기가 흐르고 전신에선 터질 것 같은 마기가 쉴 새 없이 흘러나왔다.

"그동안 강호가 많이 바뀌긴 했구나. 네놈들이 태어나기 한참 전부터 십대마인이었던 사람이 나다."

악승의 전신에서 '훅' 마기가 퍼져 나왔다. 순간, 만화의 옆으로 나철이 내려섰고, 마차 옆에는 묵환이 내려섰다.

싸움은 멈춘 세 사람은 약속이나 한 듯 동시에 악승을 향해 기세를 드러냈다.

'이것들 봐라?'

　분산됐던 세 사람의 기운이 자신에게로 향하자, 악승은 속으로 깜짝 놀랐다. 세 사람의 기운은 그만큼 대단했다.
　그때였다.
　"두 사도는 돌아가세요. 어차피 저를 데려가지 못한다는 것, 잘 아시잖아요."
　"아니. 신녀는 반드시 우리와 함께 돌아가야 하오."
　나철이 신녀의 말을 잘랐다.
　'이것들 봐라?
　서로 싸우면서도 한 가지는 일치했다.
　마차 안의 신녀를 위한다는 것.
　"이봐, 애송이들. 너희들 지금 누구 앞에 있는 줄 알기나 하는 거냐?"
　악승이 나철을 보며 턱짓으로 물었다.
　"풍령 악승. 혈교의 십대마인 중 한 분이세요."
　신녀는 묵환과 나철에게 경거망동하지 말라는 경고를 설명으로 대신했다.
　그러나 신녀의 설명으로 인해 모르고 있던 나철과 묵환의 눈이 더욱 불타올랐다. 어릴 때부터 혈교에 대한 적개심을 키워온 이들이기에 두려움보다 투지가 일어난 것이다.
　신녀가 한 일이라고는 악승의 정체를 밝혀준 것뿐인데 분위기가 완전히 달라지고 말았다.
　'이것들이 갑자기 달라졌다.'
　신녀가 악승의 정체를 밝히기 전까지는 셋을 한꺼번에 상대할 수도 있을 것 같았으나, 막상 셋이 기세를 피우자 악승도 가만히 있을 수 없었다.

"죽어!"

쉿.

가장 먼저 덤빈 자는 검은 피부로 변한 묵환이었다. 이어서 만화가 돌로 만든 창을 땅에서 솟구치게 만들었고, 나철의 은사가 연기처럼 허공으로 풀려 나갔다.

악승은 풍령을 일으킨 즉시 묵환의 주먹을 휘감았다. 묵환과 겹쳐 있으면 만화의 석창을 피할 수 있으리라 판단한 까닭이다.

하지만 만화의 창은 악승과 묵환을 동시에 꿰뚫기라도 할 것처럼 여전히 빠른 속도로 날아왔다.

퍽!

악승의 등이 묵환의 가슴을 때리며 반대방향으로 갈라섰다. 그리고는 곧장 풍령을 일으켜 전신을 보호하며 허공으로 솟구쳤다.

투— 하— 앙—!

허공을 수놓고 있는 나철의 도편을 향해 부딪쳤다.

'……!'

악승의 살갗에 미미한 금이 갔다.

풍령의 벽에 손상이 가해지며 나철의 도기가 전해진 까닭이다.

악승의 표정이 굳어졌다.

이대로 한 번만 더 힘을 쓰면 나철의 도편은 깨뜨릴 수 있었지만, 뒤이어 가해진 살기 때문에 몸을 피해야 했다.

셋과 다른 기운의 살기.

악승은 등을 향해 일직선으로 쏘아져 오는 살기를 느끼면서도 막상 손을 쓰지 못했다.

풍령을 거두어 살기에 대항하면 막을 수 있었다. 하나 그물처럼 내려오는 도편에 노출되는 것은 고스란히 타격으로 남게 될 것이다.

'제길, 하나를 포기한다. 하나, 둘……'

악승은 속으로 숫자를 셌다. 등 뒤로 날아오는 기운이 도착하는 시간을 재기 위해서였다.

그때, 등 뒤로 날아오던 기운이 사라지며 거친 폭음이 터졌다.

쿠쾅!

"괜찮으십니까, 대장로님!"

공투의 젊은 목소리를 듣자마자 악승은 아래쪽을 확인하지 않아도 혈강시가 몸으로 때웠음을 알 수 있었다.

'시마!'

악승의 세모꼴 눈이 살기를 내뿜었다.

겨우 셋이라 말하긴 곤란한 놈들이었으나 공투가 보기엔 분명 그리 봤을 것이 틀림없었다.

쾅!

은사처럼 퍼진 도편을 뚫고 그대로 솟구쳤다.

"윽!"

팽팽하게 당겨져 있던 도편이 끊기자 나철의 신형이 뒤로 날아가 버렸다.

"큽. 대장로? 흐흐흐. 뜻밖의 대어구나!"

음침한 목소리였다.

악승은 땅으로 내려서며 목소리의 얼굴을 쳐다봤다.

악승의 관자놀이 혈관이 급격하게 팽창하며 둥그런 얼굴을 조금은 길쭉하게 보이게 만들었다.

"괜찮으십니까?"

"시마……."

"죄송합니다. 뒤늦게……."

"누가 나서라고 했나?"

"예?"

"누가 내 싸움에 함부로 나서라고 했냐고!"

악승의 세모꼴 눈에서 살기가 줄기줄기 흘러나왔다.

자존심이 상한 것이다.

"주군께서 손을 쓰라고 하셔서……."

"주, 주군!"

악승의 눈이 먼저 양옆을 살폈고, 이어서 거대한 배와 함께 몸이 움직였다.

"말도 없이 어딜 갔나 했다, 악승. 시마가 아니었으면 큰일 났겠는데?"

"주군……."

규칙적인 발걸음 소리와 함께 용악이 모습을 드러냈다. 악승으로서는 입이 열 개라도 할 말이 없는 상황이었다.

"넌, 뭐지?"

대뜸 용악에게 하대를 한 자는 마지막에 나타난 음침한 목소리의 주인이었다.

악승의 정체를 알고 있는 나철 등 세 사람의 표정이 굳었다.

용악이 악승의 이름을 함부로 불렀는데도 악승은 아무런 거부감이 없어 보였다.

"기 사도, 잠시 기다리게."

만화가 음침한 목소리의 주인을 진정시키려 했다.

기 사도라 불린 사내의 이름은 기무룡으로, 암기가 아닌 투술로 한때 최고의 살성으로 불리던 투마의 무공을 이은 자였다.

"큽. 두 사도의 우유부단함이 교주님의 귀에 들어가면 좋은 구경거리가 되겠어."

기무룡은 나철과 만화가 묵환을 죽이지 않은 것에 대해 한껏 비꼬았다.

"저 뚱땡이는 혈교의 십대마인 중 한 명이다, 기 사도."

"혈교의 십대마인 중 살아 있는 자는 오직 한 명, 풍령 악승. 지금은 대장로가 된 모양이지?"

"그걸 알면서 농담이 나오나?"

"흐흐흐. 농담? 난 농담 같은 것 하지 않아. 어차피 우리의 목표는 혈교가 아니라 천하다. 더 이상 혈교는 신경 쓸 곳이 아니란 소리지."

기무룡이 다시 한 번 두 사람을 비웃었다.

"하하하! 지금 뭐라고 했느냐?"

듣고 있던 공투가 기가 막혔는지 네 사람을 향해 미친 듯이 웃어젖혔다.

"애송이, 너는 저 뚱땡이 다음에 죽여줄 테니 강시 뒤에 꽁꽁 숨어 있어라."

기무룡이 같잖다는 시선으로 공투를 쳐다봤다.

강시를 전혀 두려워하는 표정이 아니었다.

쩌엉!

공투의 발이 바닥을 힘껏 때렸다.

"감히 주군이 계신 자리에서 그따위 말을! 나 시마! 주군을 대신해 너희들에게 벌을 내리겠다."

공투가 살기를 일으키자 묘한 현상이 일어났다.

기무룡을 비롯한 네 명의 사도 눈이 공투가 아닌 주위로 돌아갔기 때문이다.

공투의 의지에 따라 혈강시들이 잠재된 마성을 일으켜 이루어진 현상이었다.


'저 사람… 강하다!'

마차 안의 신녀가 눈을 빛냈다.

공투가 기무룡을 향해 움직이려 할 때, 가볍게 손짓 하나로 제지시킨 용악을 보며 든 생각이었다.

다급한 상황이 분명한데 용악만이 여유로웠다. 그 모습은 네 사도를 언제든 용악 혼자서 상대할 수도 있을 것 같다는 착각이 들 정도였다.

막 공투와 네 사도가 부딪치려 할 때였다.

"시마, 뒤로."

"예."

공투는 마치 용악의 말을 기다린 사람처럼 일말의 주저함도 없이 뒤로 물러섰다.

"악승, 뭐야?"

설명을 해보라는 뜻이다.

악승과 싸울 때는 난폭하게 굴던 나철 등은 용악이 나선 이후로 쉽게 움직이지 못했다. 그래야 할 것 같은 것이다.

"주군, 이 애송이들은 오래전에 절전된 마공을 익히고 있습니다. 주루에서 봐서 아시겠지만 저는 한눈에 그것을 알아보고 조사 차 이곳까지 온 것입니다."

악승은 적당히 앞뒤를 맞춰 설명했다.

"큽. 애송……."

기무룡은 악승의 애송이란 표현이 마음에 들지 않아 코웃음과 함께 나서려 했다. 하나 말이 잘린 것은 오히려 기무룡이었다.

푸학!

갑자기 땅이 일어나며 기무룡을 공격했다.

"이따위……!"

기무룡은 솟구친 땅을 손등으로 가볍게 밀어내며 코웃음 치다 눈을 크게 치떴다.

턱.

"……!"

그 짧은 사이, 기무룡의 어깨에 누군가의 손이 닿아 있었다.

"악승이 말을 하잖아, 너희들이 누군지. 얘기 끝나기 전까지 아무도 움직이지 마라."

용악은 타이르듯이 조용히 입을 열었다.

기무룡의 평소 성정을 잘 아는 나철과 만화는 입꼬리를 올리며 곧 벌어질 일을 예상했다. 하나 용악에게 그저 어깨를 잡힌 것뿐인 기무룡에게선 아무런 반응이 없었다.

"기 사도, 뭐 하나?"

나철이 짜증스런 목소리로 물었다.

'이, 이런 말도 안 되는……'

기무룡은 나철을 노려보는 것 외엔 아무것도 할 수 없었다. 누구보다 용악의 손을 떨쳐 버리고 싶은 사람이 기무룡이었다.

'움직일 수가 없다!'

기무룡은 쉴 새 없이 눈동자를 굴리며 자신의 몸에서 일어나고 있는 황당한 반응을 주시했다.

용악의 손이 어깨에 닿았을 뿐인데 말도 할 수 없고 움직일 수도 없었다. 마치 자신의 몸이 용악에게 넘어가기라도 한 것 같았다.

“주군, 저 마차에 신녀란 여자가 타고 있습니다. 저보다는 더 나은 설명을 해줄 것 같습니다.”

악승이 신녀가 타고 있는 마차를 가리켰다.

“나오라고 해.”

용악의 말이 떨어지기가 무섭게 악승이 마차까지 순식간에 이동했다.

“어림없다!”

묵환이 태묵신을 일으키더니 그대로 악승을 공격해 갔다. 용악은 곧바로 기무룡을 묵환에게 던졌다.

퍽!

기무룡은 아무런 저항도 못하고 묵환과 부딪친 후 아무렇게나 내팽개쳐졌다.

“한 가지 묻지.”

용악은 네 사람을 보며 입을 열었다.

단지 한마디 했을 뿐인데 네 사람의 얼굴엔 긴장감이 어렸다.

“너희들은 사파인가?”

“……?”

나철과 만화는 자신들의 귀를 의심했다. 너무도 당연한 질문을 저렇게 진지하게 하니 당황한 것이다.

“사파인가?”

나철과 만화가 대답을 하지 않자, 용악이 다시 질문하며 두 사람 앞으로 반보 움직였다.

'헉!

'어, 엄청나다!'

용악이 반보 다가온 것뿐인데 두 사람은 엄청난 벽에 가로막힌 것처럼 압박감을 느껴야 했다.

나철 등 사도라 불린 네 명의 무공은 십절 개개인과 그리 큰 손색은 없었다. 하나 상대는 용악이었다, 십절 중 여덟 명을 혼자서 상대했던.

"주군께서 묻잖느냐! 너희들은 사파인가?"

공투가 나철 등에게 대답을 강요했다.

"너, 넌 누구냐?"

용악의 이화유능제에서 풀려난 기무룡이 안간힘을 다해 용악에게 물었다. 십육사도 중 넷이었다. 누구라도 용악처럼 다룰 수는 없는 것이다.

용악은 끼어든 기무룡을 돌아봤다.

매우 간단한 동작, 질문을 방해한 기무룡에게 고개를 돌렸고, 손을 들었을 뿐이다.

슛.

'사, 사라졌……'

용악을 빤히 바라보던 기무룡의 눈동자가 크게 흔들렸다. 용악이 거짓말처럼 시야에서 사라진 까닭이다.

지켜보던 악승이 웃음을 지었다.

'천마등등공은 이제 완전히 주군의 것이 됐군.'

용악의 천마등등공이 얼마나 대단한 경공인지 잘 아는 악승이기에 기무룡의 당황함을 충분히 예상할 수 있었다.

"컥!"

기무룡의 입에서 비명이 터졌다.

용악의 손이 그의 왼쪽 어깨를 누르고 있었다.

"다시 묻겠다. 너희들은 사파냐?"

"다, 당연하… 우린, 사파다!"

기무룡은 발악하듯 외쳤다.

조금 전엔 소리치려 해도 나오지 않던 목소리가 나왔다.

"그런데 왜 무릎을 꿇지 않는 거지?"

"뭐?"

기무룡은 무슨 말이냐는 눈으로 용악을 돌아보다 그대로 무너지고 말았다.

"스스로 사파라 여기면서 왜 내게 무릎을 꿇지 않느냐고 물었다. 너, 너, 너."

용악이 나철, 만화, 묵환을 차례로 가리켰다.

지목받은 세 사람은 당연히 영문을 몰라 쳐다봤고, 그런 세 사람의 궁금증을 풀어준 사람은 마차 안의 신녀였다.

덜컹.

마차 문이 열리고 한 여인이 걸어나왔다.

면사를 쓰고 있음에도 눈부신 미모는 숨겨지지 않았다. 하늘거리는 옷차림으로 전신의 윤곽이 모두 드러나 있지만 누구도 신녀의 몸매에 관심을 두는 사람은 없었다.

"혈교의 주인이십니까?"

신녀는 용악을 똑바로 바라보며 물었다.

용악이 고개를 천천히 가로저었다.

"……?"

"사파의 주인이다."

"……!"

용악의 황당한 대답에 신녀는 잠시 할 말을 잃었다.

신녀는 악승과 공투를 돌아봤다.

두 사람은 당연한 말인데 왜 돌아보느냐는 눈으로 오히려 신녀를 쳐다봤다.

"어째서 저는 몰랐을까요?"

"아무도 말해주지 않은 모양이지. 이제 알아둬, 내가 사파의 주인임을."

용악은 목소리에 힘을 주거나 어느 특정한 단어를 강조하지 않았다. 하나 듣는 신녀의 귀엔 오직 용악만이 그럴 수 있다는 생각이 들었다.

'이 사람… 마차 안에서 느꼈던 것보다 훨씬 강하다!'

신녀는 지금껏 백마신교 안에 갇혀 살다시피 했다.

백마신도들을 봐왔고, 그들의 염원이 이루어지도록 도와주는 역할을 해왔다.

현 백마신교주는 경천수라였다. 아니, 경천수라가 스스로 교주의 위에 올랐다. 십육사도와 칠 원로의 동의를 얻어야 하는 자리였으나, 경천수라 자체가 칠 원로 중 한 명이기에 많은 부분이 생략될 수 있었다.

그런 경천수라를 신녀는 인정하지 않았다.

전 교주를 따르던 다섯 사도가 신녀를 지지했고, 여기까지 오게 된 것이다.

'내가 판단할 사람이 아니다.'

신녀에겐 특별한 능력이 몇 가지 있었다.

묵환의 힘이 갑자기 올라간 것이나, 경천수라의 독심을 미리 알았다거나 하는.

신녀는 용악을 눈으로 직접 보게 되면 알 수 있을 것 같았다. 하나 용악을 아무리 봐도 머릿속으로 떠오르는 것이 없었다.

"기 사도를 놓아주시지요."

신녀가 고통스러워하는 기무룡을 보며 말했다.

그러나 용악은 들은 척도 하지 않고서 주위를 돌아봤다.

"악승."

"예, 주군."

용악의 시선은 여전히 나철과 만화, 묵환을 향해 있었다. 별말도 하지 않았는데 나철과 만화는 주춤 뒤로 물러섰고, 묵환은 이를 악물며 신녀에게로 다가왔다.

"하나로 만들어야겠어."

'무슨… 하나? 혈교가 셋으로 갈라졌다는… 아니지. 그런 말을 왜 지금 하겠어. 혹시……'

신녀는 이미 용악이 자신을 무시했다는 생각을 잊었다. 오직 다음 말이 기다려졌다.

‘사파일통?’

문득 신녀의 머릿속에 떠오른 단어였다.

“주군께서 원하시면 그리됩니다.”

악승은 용악이 하고 싶은 말뜻을 정확히 파악하고 웃으며 고개를 끄덕였다.

너무나 자연스러운 대화.

사파일통이 주제로 되어야 이루어질 수 있는 대화.

신녀는 두 사람의 대화가 이해되는 자신이 이상해질 지경이었다.

백마신교도 사파일통을 꿈꿨다.

‘수많은 생각이 쌓이고 쌓여 이루어진 교의 원대한 계획을… 경천수라, 당신은 결코 이룰 수 없을 거예요.’

신녀는 천하를 백마신교 아래 두겠다는 교주의 확신에 찬 모습을 떠올렸다, 경천수라의 암습에 죽기 전의 백마신교주를.

“너희들은 살려준다. 돌아가서 전해, 곧 내가 찾아간다고. 그때는 정해야 할 거다, 내게 복종할지 거역할지.”

‘거, 거역!’

나철 등은 이럴 때는 어떻게 반응해야 하는지 까먹었다. 머릿속으로는 당장 용악을 찢어발기고 싶었으나 본능이 따라주질 않았다.

“이건 가져가.”

용악은 손에 쥐고 있던 기무룡을 번쩍 들어 나철 등에게 던졌다.

"큭!"

기무룡을 받아 든 나철은 두 걸음이나 물러서다 만화의 도움으로 자세를 바로잡았고, 두 번이나 내던져진 기무룡의 얼굴은 완전히 소태 씹은 표정이 됐다.

"누, 누구……."

나철이 떨리는 몸을 억지로 진정시키며 용악을 향해 다시 물었다.

"주군께선 천마시다."

대답은 공투에게서 나왔다.

'처, 천마!'

나철과 만화는 부축하고 있던 기무룡을 놓았다.

기무룡은 바닥으로 쓰러지면서도 눈은 용악에게서 떨어지지 않았다.

혈교가 해체된 뒤로 백마신교 최대의 적이 된 이름은 천마였다. 그런 최대의 적을 눈앞에 대하고 있는 것이다.

"곧 교주께서 찾아갈 것이오."

나철의 말투가 달라졌다.

용악이 신분을 속일 이유가 없었다.

"내 말, 못 들었나? 오지 마."

"……?"

"내가 간다. 그땐 너희들 말고 진짜가 있어야 할 거야. 그래야 두 번 찾아가는 일이 없을 테니. 오늘은 보내준다."

용악은 나철 등에게서 눈을 떼며 신녀에게로 돌아섰다. 나철과 만화는 시선을 교환한 뒤 기무룡을 양옆에서 부축한 뒤 곧장 신형을 날렸다.

자리에 남아 있어 봐야 용악을 상대로는 숨조차 쉬는 것도 버거웠고, 신녀도 데려갈 수 있을 리 없었다.

'천마… 과연 내가 신녀를 지킬 수 있을까?

묵환은 홀로 남았다.

용악이 신녀에게 다가가는 것을 보고 이를 악물며 신녀의 앞을 막아섰다.

몸은 덜덜 떨고 있으면서도 눈빛만큼은 살아 있었다.

기무룡이 반항 한 번 하지 못한 것을 다 본 후였다. 반항 자체가 무의미하다는 것을 알면서도 신녀를 위해 나서야 했다.

용악은 막아선 묵환을 향해 손을 뻗었다.

그러자 묵환은 준비하고 있던 주먹을 용악의 가슴을 향해 전력으로 내뻗었다.

쾅!

"큭!"

손을 뻗은 묵환의 입에서 고통 어린 신음이 터졌다.

용악의 가슴을 때린 묵환이 때리던 자세 그대로 뒤로 튕겨져 버렸고, 용악이 눈에 보이지 않는 속도로 쫓아가 묵환의 어깨를 잡았다.

"아직……."

"……!"

용악이 놀란 눈으로 묵환을 쳐다봤다.

이화유능제를 사용해서 제압한 상태임에도 묵환이 말을 했기 때문이다.

'그러고 보니 조금 전에 반탄력 같은 것이 느껴진 것 같기도 하고.'

용악은 손에 힘을 주며 묵환을 쳐다봤다.

"넌 좀 다르군."

"묵 사도, 물러서요. 묵 사도가 상대할 수 있는 분이 아니세요."

신녀가 다가오며 불쑥 묵환의 어깨에 닿은 용악의 손에 손을 댔다.

'……!'

용악은 깜짝 놀랐다.

묵환의 어깨를 잡고 있던 손이 찌릿하더니 용악의 의지와 무관하게 펴졌다.

"묵 사도, 제가 교로 돌아갈 수 없음을 아실 거예요. 이분을 뵙는 순간 결심했어요, 혈교에 가보고 싶어요."

"혀, 혈교!"

"모든 것은 정해진 대로 흘러가요, 묵 사도. 교주님이 시해당한 것도, 제가 교를 떠난 것도, 천마를 만나게 된 것도……."

신녀는 묵환을 일으켜 세워준 뒤 용악을 돌아본 뒤, 한쪽 무릎을 꿇고 고개를 숙였다.

"……!"

묵환은 신녀의 행동에 충격받은 표정이 됐다.

신녀가 용악을 천마로서 인정한다고 해도 묵환은 그럴 수 없었다. 신녀의 행동을 인정하는 것은 곧 묵환의 삶이 송두리째 부정당하는 것과 다름 아니기 때문이다.

"혈교엔 이미 신녀가 있다."

용악은 담담하게 고개를 내저었다.

"당연히 그렇겠죠."

"그런데도 가겠느냐?"

"제 운명이 그리하라 이르네요."

잠시 용악과 신녀의 눈이 마주했다.

"그렇다면."

용악이 고개를 끄덕였다.

"주군, 저 여인을 데려가실 생각이십니까?"

"데려간다."

"주군……."

"악승, 데려간다."

"……."

악승은 용악이 왜 저런 결정을 내렸는지 이해할 수 없었으나, 더 이상 만류할 수도 없었다.

"이름은?"

"…려군입니다."

신녀가 되기 전의 이름이다.

용악이 듣고 싶은 이름이기도 했다.

"악승, 려군을 신녀에게 데려다 줘. 저자도 같이."

"려, 려군… 알겠습니다."

악승은 분위기가 묘하게 돌아가는 것을 느끼며 공투를 돌아봤다. 려군을 데려가지 못하게 하라는 눈짓을 보내려 했으나 공투는 용악에게 시선이 고정된 채 움직일 생각을 하지 않았다.

'이 사람……'

려군은 용악의 결정에 이채를 발했다.

려군을 혈교로 데려간다는 것은 혈교에 있을 신녀와 만나게 해주겠다는 뜻이다.

'그만큼 신녀를 믿고 있다는 건가?

묵환을 통해 한 번, 려군이 직접 두 번에 걸쳐 능력을 보여준 후였다. 당연히 혈교로 가게 되면 신녀와 부딪치게 될 테고, 우열이 가려질 것이다.

그럼에도 용악은 데려가는 것을 주저하지 않았다.

신녀에 대한 신뢰가 없으면 내릴 수 없는 결정인 것이다.

백마신교주도 그랬다.

모든 결정에 있어 려군의 말을 최우선으로 했다.

단 한 번, 경천수라를 조심하라는 려군의 조언을 듣지 않았다. 그 결과로 백마신교주는 모든 것을 잃게 됐다.

第四章
경천수라

천산마제

절강성 모산(茅山)에서 북쪽으로 오십여 리쯤 가다 보면 나
타나는 웅장한 사찰.

달빛을 받은 사찰은 무척이나 신비롭게 보였다.

그러나 그 신비로운 곳에 살기와 은밀한 움직임이 무려 이
각 가까이 진행되고 있었다.

사냥하는 자와 사냥 당하는 자.

"크헉!"

비명과 함께 무너지는 신형은 바닥에 떨어지기가 무섭게 치
워졌다.

쾅!

동료의 죽음에 숨죽이고 있던 인영 한 명이 무너져 내리는

대들보를 차고 오르며 지붕을 뚫었다.

"이곳이 어딘 줄 알고 온 건가?"

지붕 위로 솟구친 곽이를 맞이한 자는 귀밑머리를 길게 늘어뜨린 요사한 눈빛의 사내였다.

'이자들… 단순한 무인들이 아니다! 저 사기(邪氣)… 총사님은 뭔가를 아셨던 건가?'

곽이는 자신이 받은 지시를 떠올렸다.

자인건은 사림과 수라혈을 제외한 다른 사파의 움직임이 있는지 알아보라는 지시를 내렸다.

여의밀사 칠십이 개 단 중 한 곳에서 이상한 움직임을 포착했다고 알려왔고, 절강성으로 넘어온 자들을 추적하다 이곳까지 오게 됐다.

"뭘 알아내려고 왔느냐?"

사내의 목소리는 태연했다.

"이런 곳에서 뭘 꾸미고 있는 거지?"

"우리가 누군지 모르는군. 그렇지?"

"……!"

곽이는 사내의 표정이 차가워지자 싸울 태세를 취했다. 하나 사내는 곽이가 상대할 수 있는 고수가 아니었다.

사내의 손이 올라갔다.

화르르!

아래쪽 마당에 불이 밝혀지며 곽이가 데려왔던 동료 이십팔 명이 밧줄에 묶인 채 쓰러져 있었다. 모두 죽었는지 움직임이 없었다.

"저들을……."

"죽었다. 너도 저렇게 될 것이고."

쉬잇!

'온다!'

곽이는 등으로 날아오는 예기를 느끼고 돌아서려 했다. 순간, 입에서 아지랑이 같은 김이 흘러나왔다.

'뭐지?'

"내장이 얼고서도 그렇게 오랫동안 있을 수 있다니 괜찮은 내공이다."

사내의 말이 끝남과 동시에 곽이의 전신에 금이 가기 시작했다.

빙공과는 다른 음공(陰功).

곽이는 이런 마공에 대해 들은 기억이 났다. 죽을 때까지 아무런 감각도 느끼지 못한다는 마공, 빙속(氷速)에 대해.

'언제…….'

곽이는 죽을 때까지 사내가 언제 손을 썼는지 알아내지 못했다. 이미 지붕을 뚫고 솟구칠 때 당했다는 것을.

"우리의 절대금역을 침범한 자들에게 돌아갈 것은 죽음뿐이다."

데엥―!

종이 깊은 울림을 토해내며 사찰 주위를 깨웠다.

백 년의 깊은 잠에서 이젠 일어나야 할 때인 것이다.

"교주님께선 혜안을 지니셨다."

사내는 이미 곽이 등이 침입할 거란 사실을 교주인 경천수라를 통해 들은 후였다.


"처리했습니다."

곽이를 얼려 죽인 사내가 대웅전의 형태를 하고 있는 대전 앞에서 보고를 올렸다.

"신녀 한 명이 사라졌을 뿐인데 위치가 노출됐구나."

승복과 비슷한 모양의 가사를 입고 있는 자가 돌아섰다. 전신의 털이란 털은 모두 하얗게 변한 육십대가량의 노인이었다.

"교주님, 저를 보내주십시오. 천마란 자를 얼려서 죽이겠습니다."

"무양이 네가?"

"제자 열 명만 데려간다면 자신있습니다."

"천마에 대해 아는 것이 있느냐?"

"알아야 합니까, 교주님?"

대뜸 반문하는 무양을 보며 경천수라는 희미하게 웃었다. 묵환을 제외한 일곱 사도 중 가장 강한 고수가 무양이었다.

"경솔하구나. 본 교주가 항상 해주던 말을 잊은 것이냐?"

"잊을 리가 있겠습니까. 한 번, 그 이상 움직이면 아무 소용 없다……."

"한데 아무런 정보도 없이 천마를 죽이겠다고?"

“……”

“외부에서 도와줄 사람들을 초청해 놓은 상태다. 그들에게 정보를 받은 후에 움직여도 늦지 않다.”

‘오늘 교내까지 들어왔던 쥐새끼들의 정보를 준 자인가?’

무양은 경천수라가 누구를 만나는지 궁금했으나 또다시 경솔하게 보이기 싫어 조용히 물러났다.


경천수라는 석양을 바라보며 눈을 떼지 않았다.

“신녀는 어찌 됐나?”

“스스로 혈교에 들어갔소.”

경천수라의 뒤쪽에서 묵직한 음성이 들려왔다.

석양을 바라보고 있던 경천수라가 돌아서자 붉은 옷을 입은 청년이 눈에 들어왔다.

붉은 옷 주위로 번지는 석양 때문일까?

이글거리는 화염을 연상케 하는 청년이었다.

훤칠한 키에 각진 턱이 인상적인 이십대 후반의 청년은 경천수라와 눈이 마주치고도 아무렇지도 않은 듯 당당했다.

“혈교로? 그곳이 안전하다고 여긴 건가?”

경천수라가 어이없는 웃음을 흘렸다.

“…안전할 수도 있소.”

청년은 경천수라의 비웃음이 끝날 때까지 기다렸다 짧게 입을 열었다.

“그게 무슨 소리지?”

"신녀를 데려간 자가 천마이기 때문이오."

"천마."

경천수라는 침음을 흘렸다.

백마신교 최강의 적이 청년의 입에서 흘러나온 까닭이다.

'겨우 그 정도 반응이란 건가?'

청년은 일부러 천마라는 말에 힘을 주었건만, 경천수라는 침음 외엔 긴장하는 표정도 짓지 않았다.

청년이 경천수라에 대해 전혀 몰랐다면 대단한 자신감이라고 여겼을지 모르지만, 아쉽게도 이번이 경천수라와 두 번째 만남이다.

판단컨대 경천수라는 천마에 대해 전혀 모르고 있는 것이 분명했다.

"어찌 대응하실 생각입니까?"

"원로 한 명과 일곱 사도라면 충분히……."

"대인께선 교주가 직접 나서주길 바라시오."

"내가?"

"혈교를 없애면 교주가 원하는 것을 얻게 되오."

"……!"

"더 할 말이라도?"

"어차피 신녀를 데리러 가야 했네. 가는 김에 같이 처리하도록 하지."

"기대하겠소."

"그전에……."

경천수가 지긋한 눈으로 청년을 바라봤다. 청년은 그 눈이 무엇을 말하는지 굳이 듣지 않아도 알 수 있었다.

"약조를 원하시오?"

"교를 움직이려면 명분이……."

"교주, 대인께서 주신 환단이 아니었어도 가능했을까요?"

청년은 경천수라가 무엇을 원하는지 잘 알고 있었다. 이전 백마신교주를 죽일 때 먹었던 환단을 달라는 뜻이다. 물론 주려고 가져왔다. 하나 어떻게 주어야 하는지 청년은 너무도 잘 알고 있었다.

"이곳에서 석양과 대결을 벌인 지 무려 삼십 년이네. 그동안 축적된 태양의 힘으로 혈수라(血修羅)의 완성을 목전에 두고 있는 상황이지. 한데……."

"대인의 은혜가 절실하겠군요."

청년은 경천수라의 모든 것을 알고 있는 것처럼 대화를 앞서 나갔다.

혈수라는 백마 중에서 가장 강했던 혈존자가 만들어낸 이론상의 무공이다.

천마와 가장 오랫동안 싸운 마인.

혈존자가 사라지고 나서야 강호에 마인들이 하나둘씩 모습을 드러냈다는 말이 나올 정도로 포악했던 마인.

경천수라는 그 무공을 선택했다.

태양의 기운을 전신에 퍼뜨려 닿는 모든 것을 녹여 버리는 무시무시한 위력의 열양강기였다.

“다오.”

경천수라의 눈이 충혈됐다.

“먼저 백마신교 전체를 움직여 주신다는 약조가 필요하오.”

“천마를 죽일 정도의 인원을 보내겠다.”

“서른도 안 된 자가 도왕과 싸우고도 멀쩡했다고 하오. 과연 몇 명만으로 천마를 상대할 수 있겠소?”

“도왕!”

경천수라의 눈가에 경련이 일어났다.

“대인께선 누구보다 교주의 혈수라가 완성되길 바라고 계시오. 이것을 드리면 도움이 될지도…….”

청년은 말끝을 흐리며 소매 속에서 꺼낸 붉은 환단을 경천수라의 손에 올려주었다.

꿀꺽.

의지와 무관하게 몸이 먼저 환단에 반응했다.

저것을 먹어, 어서 내게 힘을 줘!

경천수라는 마치 몸이 외치는 소리라도 들은 사람처럼 멍해졌다.

“그것이면 교주가 원하는 힘을 갖게 될 것이오.”

‘이거야, 이것만 있으면…….’

경천수라는 환단을 먹은 후 자신이 어떻게 변하는지 잘 알고 있었다. 이전 교주를 겨우 삼 초 만에 죽였다. 혈수라를 완성하게 되면 어떻게 되는지 미리 체험이라도 한 것 같았다.

그때로 돌아가고 싶었다. 그때의 넘치는 힘을 다시 한 번 경험하고 싶었다.

'한다!'

경천수라는 환단을 소매 속에 넣었다.

현재의 무기력을 떨치기 위해서는 혈수라를 완성해야 하지만 그보다는 환단을 먹는 것이 더 빨랐다. 비록 잠시라도.

"대인께서 원하는 소식을 전해드리겠네."

경험만큼 확실한 것은 없었다.

경천수라는 천마가 아무리 강해도 환단을 복용한 자신을 감당할 수 있다고는 믿지 않았다.

"그럼……."

"백마소집령을 발동하지."

"알겠소. 아! 그 환단의 효력은……."

청년은 득의의 표정을 짓고는 굳이 안 해도 될 말을 꺼냈다.

"안다, 삼 일을 넘기지 못한다는 것을."

경천수라가 이를 갈았다.

지심대인의 환단은 무지막지한 부작용을 갖고 있었다. 삼 일 동안은 혈수라를 사용할 수 있지만 그 열 배의 시간 동안 무공을 사용할 수 없게 되기 때문이다.

그러나 한 번 맛본 달콤함은 그 뒤를 생각하지 못하게 만들었다.

"천마를 찾는 것은 쉽지 않을 것이오. 절강, 강서, 호남 이 세 곳에 천마의 본거지가 있는 것으로 조사됐소. 흔들어서 나오게 하는 것도 나쁘진 않은 것 같소. 대인께서 귀띔해 주신 말이오."

청년, 지심대인이 진이라 불렸던 청년은 웃으며 돌아섰다.


＊　　　＊　　　＊


"려군이에요."

사림에 도착한 려군은 신녀를 보자마자 먼저 인사를 건넸다. 굳이 신녀를 소개시켜 주지 않아도 한눈에 알아볼 수 있었다.

신녀는 용악에게 깍듯이 예를 취한 후에야 려군의 예를 받아주었다, 미미하게 고개를 끄덕인 것이 전부이긴 했지만.

"나중에 오겠다."

두 여인 사이의 미묘한 흐름을 간파한 용악이 바로 돌아서 나갔다.

"신녀예요."

신녀의 입에서 부드러운 목소리가 흘러나왔다.

려군을 바라보는 눈도 조금 전과 달리 편안해져 있었다.

'역시… 잠깐이라도 기대했던 것이 잘못이지.'

려군이 피식 웃었다.

신녀를 보자마자 꼼짝할 수 없었다. 그나마 안심이 됐던 것이 오만하게 보였던 첫인상인데, 용악이 나가자 그 또한 부드럽게 변했다.

려군은 신녀의 웃는 모습을 보며 어찌해 볼 수 있는 상대가 아님을 직감하고 말했다.

"손을."

신녀가 손바닥이 위로 가도록 뻗었다.

려군은 즉시 반응하지 않고 신녀의 손을 들여다봤다.

신녀에게 손이란 전부나 마찬가지.

손을 달라 함은 려군의 능력을 알아보겠다는 뜻이다.

신녀를 만나기 전, 아니, 신녀가 려군을 부드럽게 바라보기 전이라면 아무렇지도 않게 신녀의 손을 잡았을 것이다. 하나 지금은 망설여졌다.

신녀의 손을 잡은 이후의 일이 아무것도 떠오르지 않는 탓이다.

시간은 흘러갔다.

신녀는 손을 거두지 않았다.

"……."

말을 해야 하는데 떠오르는 단어가 없었다.

"피곤해 보여요."

신녀는 강요하지 않았다. 하나 려군은 저 손을 잡지 않으면 안 된다는 느낌이 강하게 들었다. 하지만 천천히 신녀의 손을 잡았다.

"……!"

려군의 눈이 동그랗게 떠졌다.

손을 통해 밀려드는 청량함.

백마신교에서 도망쳐 이곳까지 오는 동안의 긴장감이 일시에 해소되며 마음이 편안해졌다.

신녀의 손을 잡았을 뿐인데 마음이 놓인 것이다.

급기야 생각지도 않은 눈물이 뺨으로 흘러내렸다.

백마신교의 신녀가 아닌, 평범한 여인으로 되돌아온 것 같은 느낌. 고된 여정의 힘겨움을 마음속에 다잡고 있다가 겉으로 드러나고 만 까닭이다.

"견디는 것만이 최선은 아니에요. 이 순간만이라도 짊어지고 있던 짐을 벗는 것도 괜찮아요. 도와줄게요."

신녀의 웃음에는 려군의 마음을 풀어주는 신비함이 있었다. 려군은 신녀에 대한 자신감이 눈 녹듯이 사라졌다.

신녀가 자신을 보면 그의 힘을 경계할 거라 여겼다. 그래야 했다. 그래야 려군이 혈교에 온 이유가 운명이 되는 것이다.

그러나 려군의 모든 예상이 어이없을 정도로 허무하게 흩어졌다. 신녀는 이미 려군의 모든 것을 꿰뚫어 보고 있었다.

"죄송해요……."

많은 의미가 담긴 사과였다.

려군 개인으로서도, 신녀라는 신분을 가졌던 입장으로서도.

"…아시잖아요. 운명은 거부한다고 되는 것이 아니랍니다."

"……?"

"받아들이세요."

신녀는 려군의 손을 쓰다듬어 주었다.

려군은 자신에 대해 말하는데, 신녀는 려군에 대해 말하고 있었다.

"천마, 그분을 속이려고 한 건 아니에요."

"알아요. 속일 수 있는 분이 아니지요. 천마께선 알고 계셨을 거예요."

려군의 고백에 신녀는 고개를 가로저었다.

"저와 만나게 해주려고 일부러 데려온 건 아닐까요?"

신녀의 한마디엔 많은 것이 담겨 있었다.

"……!"

신녀는 하얀 피부의 미인, 려군을 보며 부드럽게 웃었다. 여자인 려군이 봐도 아름다운 미소를 지으며.


"신녀가 알아서 하겠지."

용악은 악승이 불안한 표정으로 려군에 대해 자꾸만 물어보자 짧게 대답해 주었다.

사림까지 데리고 오는 동안 악승은 몇 번이나 려군의 목소리와 자태를 흘끔거렸는지 모른다. 반한 것과는 다른, 아주 희한한 감정이었다.

용악에게 그런 것까지 말할 수 없기에 악승은 어떻게 해서든 려군을 내보내고 싶은 것이다.


"악승, 려군을 왜 데려왔느냐는 질문은 무의미해. 그냥 려군을 신녀에게 보여줘야 한다는 생각이 들었을 뿐이니까."


용악의 생각을 모를 텐데도 신녀는 려군을 보자마자 안으로 이끌었다.

용악은 신녀가 일부러 려군을 냉랭하게 대한다는 것을 알았다. 그렇기에 자리를 피해준 것이다.

용악이 려군을 신녀에게 데려와야겠다고 생각한 것은, 려군이 용악의 손을 만졌을 때다.

용악이 악승과 함께 잔뜩 굳은 묵환을 지나쳤다.


'이런 곳이 존재한다니…….'

묵환은 거대한 호수에 떠 있는 섬이 사림의 본거지라는 말을 들었을 때부터 감탄했다.

지금껏 절강성 사찰만이 전부였던 묵환에게 사림은 신세계나 마찬가지인 것이다.

무엇보다 사림 전체를 휘감고 있는 삼엄한 예기.

용악과 함께가 아니었다면 벌써 질식해서 죽었을지도 몰랐다.

'혈교의 신녀는 신녀님과는 또 다른 신비한 여인이다.'

신녀를 보는 순간 아찔한 현기증을 느꼈다. 그것은 아름다워서 느낀 것이 아닌, 거대한 무언가에 압도된 듯한 기분 때문이었다.

또 한 사람, 묵환에게 전혀 다르게 느껴진 사람이 있었다. 바로 용악에게 찰싹 달라붙어 떨어지지 않는 거대한 덩치의 악승이었다.

그를 말 많은 고수 정도로 생각했던 것이 얼마나 큰 실수인지 깨달은 것이다.

용악에게 가려서 잘 보이지 않을 뿐, 엄청난 고수였다. 칠 장 가까운 사람의 방벽으로 올라서는 건 묵환도 할 수 있었다. 하나 이십여 장은 되는 물 위를 아무렇지도 않게 내달린 후라면 불가능했다.

그것을 악승은 아무렇지도 않게 펼쳤다.

그로 인해 용악의 무시무시한 무공을 다시 한 번 절감하고 말았다.

'제길, 천마라니……'

*　　　*　　　*

용악은 사람으로 돌아온 이후로 생각이 많아졌다.

십천좌의 무공을 사용하는 자들부터 스스로 사파라 칭하는 백마신교까지.

사실 그들에 대해선 그다지 신경이 쓰이지 않았다.

문제는 황보소소였다. 사람이종으로부터 그녀에 대한 소식은 매일같이 전해지고 있는 상태라 걱정할 것은 없지만 차후가 문제였다.

누군가 용악과 황보소소의 관계를 알고서 해코지라도 하려 한다면?

파천마궁주 조빈 정도의 고수들은 아닐 것이다.

"잠시 들어가도 될까요?"

　문밖에서 들려온 여인의 목소리에 용악은 상념을 접고 일어
나 문을 열었다. 려군이 서 있었다. 용악은 이미 알고 있었다
는 듯 먼저 자리로 돌아갔다.
　"첫날 이후 전혀 뵐 수가 없어서요. 궁금한 것도 있고……."
　"뭐지?"
　"천마께서도 느끼고 계시지 않으세요? 그날 제가 손을 만졌
을 때의 느낌이요."
　"나도 궁금하던 참이다."
　"그땐 왜 물어보지 않으셨어요?"
　"알고 있는 모양이군. 일부러 그랬나?"
　"아니요. 다른 걸 시도하려다 우연히 그렇게 됐다는 표현이
맞을 거예요."
　"우연히?"
　"손을 좀 보여주시겠어요?"
　용악은 려군의 요구에 순순히 응했다.
　려군이 신녀와 무슨 얘기를 나눴는지에 대해선 전혀 묻지
않았다.
　'이 손에 천마수란 수투가 끼워져 있다니 놀랍다.'
　신녀에게 용악의 손을 잡았을 때 아무것도 읽을 수 없었다
고 하자, 신녀는 천마수에 대해 말을 해주었다. 천마삼보 중 하
나이며 천마의 무공을 익힌 사람만이 가질 수 있다고.
　려군은 자연스럽게 한쪽 무릎을 꿇고 양손으로 용악의 손을
잡았다. 신녀에게 그렇게 하라는 지시를 받은 것이다.

려군이 손을 잡고서 시선을 들자 용악은 자연스럽게 내려다보고 있었다. 두 사람은 서로의 손을 잡은 상태로 시선이 마주쳤다.

용악은 담담한 시선을 유지했고, 려군은 재빨리 시선을 내렸다.

맨살이라고 해도 전혀 이상하지 않을 촉감.

려군이 용악의 손을 잡은 느낌이었다. 하나 잡고 있어도 전과 같은 찌릿함을 느낄 수 없었다. 려군은 조금 더 대담해졌다. 손목 어딘가에 있을지도 모르는 천마수의 끝부분을 찾기도 했고, 능력을 손에 집중시켜 자극을 주기도 했다.

"이상하네요. 천마께서도 이미 아셨겠지만, 제겐 특별한 능력이 있습니다. 손을 통해 상대를 알 수 있는 능력이지요. 일전에……."

"이화유능제가 통하지 않은 이유군."

"이화유능제? 그 찌릿한 느낌을 주던 것이 이화유능제란 무공인가요? 하마터면 손을 뗄 뻔했어요."

"네가 사용하는 능력이 진기를 사용하는 것이 아니라 통하지 않은 모양이다."

"진기를 사용했으면 어떻게 되죠?"

"내 손에 잡혔던 자를 기억하느냐?"

기무룡을 말하는 것이다.

"물론입니다."

"아무것도 할 수 없게 되지, 아무것도."

"아!"

신녀는 기무룡의 반응을 떠올리며 고개를 끄덕였다.

왜 그렇게 무기력했는지 이제야 이해가 갔다.

"그런 이화유능제를 네가 떼어내서 놀랐다."

용악은 려군을 빤히 바라봤다.

려군은 용악의 시선이 닿자 자신도 모르게 심장이 철렁하는 느낌이 들었다. 의미를 담은 눈도 아닌데 단지 마주쳤다는 것 하나로 그렇게 된 것이다.

용악은 못생긴 얼굴은 아니었지만 그렇다고 절세의 미남도 아니었다. 하나 려군으로 하여금 긴장하게 만드는 무언가가 있었다. 살기나 마기에 익숙한 그녀로서도 낯선 중압감이었다.

'누구든 두 번만 보면 무슨 생각을 하는지 알 수 있었는데……'

려군은 용악이 무슨 생각을 하는지 전혀 알 수 없었다, 마치 안으로 들어가지 못하게 막이 쳐진 것처럼.

"앗!"

갑자기 려군이 용악의 손을 놓으며 뒤로 물러섰다.

"역시 이화유능제가 통하지 않아."

"그럼 지금 그 이화유능제를 사용하신 건가요?"

"그래."

"그래서 느낌이……"

려군은 찌릿한 느낌이 아직도 남아 있는 손을 보며 고개를 끄덕였다.

"제가 있었던 곳은 백마신교라고 해요."

"안다."

"그때 저를 잡으러 온 자들은 교의 십육사도 중 넷이에요. 지금은 여덟 명밖에 남지 않았지만요. 백마신교는……."

"됐다."

"예?"

려군은 백마신교의 신녀였다. 그녀는 백마신교의 모든 것을 안다고 해도 과언이 아니었다. 그것을 말해주려고 찾아온 것이다.

"백마신교든 뭐든 필요없으니까, 이화유능제에 자유로울 수 있는 네 능력에 대해 알아봐."

"……."

신녀는 멍해질 수밖에 없었다.

백마신교에 대해 직접 알려주려는데 오히려 입을 막는다?

"백마신교를 치시겠다고……."

"친다?"

용악이 짧게 되물었다. 아니, 신녀가 무슨 소릴 하는지 전혀 모르겠다는 반문이었다.

"그들에게 가신다고 하지 않았나요?"

"가야지. 주인에게 이빨을 드러내면 어떻게 되는지 알아야지. 그래야 다시는 안 그럴 테니."

"주, 주인……."

"사파라고 스스로 인정했으면 주인을 섬겨야지."

'도대체 백마신교가 어떤 곳인지도 모르면서… 이분, 무슨 생각을 하고 있는 거지?'

신녀의 의문은 당연했다.

용악의 손을 잡는 순간 강하다는 것은 알았지만, 그 강함이 어느 정도인지는 알지 못했다. 무공의 고하를 비교하려면 기본적으로 무공을 익히고 있어야 하기 때문이다.

"할 말 끝났나?"

축객령이었다.

려군은 흑진주를 담은 것 같은 눈동자를 몇 번 깜빡이고는 자리에서 일어나야 했다.


밤이 깊었다.

려군은 홀로 달빛을 받으며 사림 주위를 거닐었다.

교교히 떠오른 달빛과 찰랑대는 소리와 함께 그 빛을 반사시키는 호수면.

잠을 자기 아까워 며칠째 하는 행동이다.

"이곳은 정말 모든 게 이상한 것투성이야."

용악의 무공이 뛰어나다는 것은 이미 봐서 알고 있었다.

신녀로부터 들은 천마의, 전설과도 같은 이야기의 주인공이니 어쩌면 당연한 일일지도 몰랐다.

이런저런 생각을 하며 걷고 있는 그녀의 눈이 한곳에 멈췄다.

흔들리는 그림자.

고개를 들어 위쪽을 쳐다봤다.

'처, 천마!'

용악이 구릉처럼 생긴 사림 정상에 서서 하늘을 보고 있었다.

"거기서 뭘 하고 계세요?"

려군의 질문에 용악이 아래를 내려다봤다.

"뭐지?"

"그냥… 저기서부터 걷다가… 그러는 천마께선 뭘 하고 계셨던 거죠?"

"너무 작아."

"……?"

려군은 뜬금없는 용악의 대답에 의아한 표정을 지었다. 그리고는 용악이 보고 있는 곳을 따라서 쳐다봤다.

하늘인 줄 알았는데 아니었다.

섬처럼 떠 있는 사림을 보고 있었다.

'뭐가… 혹시 사림이 작다는 건가?

사림을 한 바퀴 돌려면 아직 한참이나 남았으니 려군으로서는 용악의 작다는 말에 공감하기 힘들었다.


아침이 밝자마자 악승은 석굴대전으로 들어섰다.

용악은 태사의에 앉아 신녀와 대화를 주고받다 악승을 보고 말을 멈췄다.

“주군, 부르셨습니까?”

“일단 앉아, 악승.”

용악은 신녀의 앞자리를 가리켰다.

“단도직입적으로 말하지. 악승, 여긴 너무 좁아. 다시 지어 야겠어. 크게.”

“예?”

악승이 갑작스런 용악의 결정에 신녀를 돌아봤다. 그런 말을 한 사람이 신녀냐는 질문이 담긴 눈이었다.

신녀는 고개를 가로저었다.

“악승, 어떻게 생각해?”

“교를 다시 세우려면 만만찮은 문제들이 있습니다. 예전 교가 세워졌던 터는 완전히 사라졌고, 다른 곳에 세운다 해도 상당한 재력이 필요합니다.”

“안 그래도 그것 때문에 신녀와 상의했다. 신녀 말로는 사림 지하에 상당량의 보물이 있다고 해. 그것만 팔아도 악승이 걱정하는 문제는 해결될 것 같은데. 그렇지 않나, 신녀?”

용악이 신녀를 돌아봤다. 악승에게 나머지 설명을 해주라는 무언의 명령이었다.

용악의 시선을 받은 신녀는 차분하게 자세를 고쳐 앉고는 악승에게 설명조로 입을 열었다.

“주인님께서 하신 말씀은 모두 사실입니다. 어차피 이곳만 으로는 주인님을 모시지 못합니다. 장소는 몇 군데 알아봐 두 었으니 결정만 하시면 됩니다.”

“…….”

악승은 신녀가 이렇게까지 적극으로 나올 줄 전혀 예상하지 못한 눈이 됐다.

사림은 지금껏 신녀가 살아온 공간이다. 그런 공간을 용악의 한마디에 바꾼다? 너무 고분고분한 신녀의 태도에 악승은 입맛만 다셔야 했다.

“시, 신녀가 그렇게까지 말하면야…….”

“대장로께서도 이미 예상하고 계셨잖습니까? 조빈의 제자였던 자를 시마로 삼으셨다고 들었습니다. 려군이 알아서 찾아왔고요. 이런 때에 주인님께서 교의 이전을 필요로 하십니다. 좋은 징조입니다.”

“그, 그러신가…….”

악승은 신녀의 말을 들으니 불편했던 마음이 편안해졌다. 용악의 결정을 따르는 것은 문제가 아니었지만, 뒷받침을 해 주어야 하는 악승이 확신을 하지 못하기 때문이다.

신녀가 그것을 해결해 주었다, 그래도 된다고. 신녀의 대답으로 악승은 활짝 웃을 수 있게 된 것이다.

“악승, 신녀와 상의해서 장소를 정해봐. 가까운 곳이면 좋겠지.”

“예? 지, 지금 당장 말입니까?”

“파천마궁도 그렇고, 하나 더 있다는 수라혈도 그렇고, 려군이 있던 백마신교란 곳도 그렇고. 얼마나 더 있는지 모르지만 일일이 상대할 시간이 없다.”

용악의 말속에 한 곳이 빠져 있었다.

십천좌의 무공을 사용하는 자들에 대해서.

최종적으로 용악이 싸울 대상은 이미 정해져 있었다.

"건물 지을 때는 목노, 뚱노를 불러서 상의해."

"목노, 뚱노요?"

"사림이종 말이야. 황보세가가 완전히 달라졌다고 하더군."

"아, 신공장!"

악승이 자신도 모르게 이마를 쳤다.

그러나 황보세가야 장제가 있으니 도와줬다고 해도 신공장이 혈교에 올 이유가 없었다.

"그를 데려오실 방도라도……."

악승은 말을 하다 말았다.

용악이 신공장에 대해 말을 했다는 것은 이미 데려올 방법까지 생각해두었다는 뜻임을 안 까닭이다.

용악은 악승을 보며 웃었다.

어젯밤 사림이종으로부터 온 서찰을 받았다.

황보세가와 황보소소의 근황이 적힌 서찰로, 강호에서 황보세가를 바라보는 시선과 웬만한 세력은 감히 덤벼들지 못할 정도로 철통 방비를 하고 있다는 내용이었다.

태산 입구는 사림에 속하게 된 파천마궁의 마인들이 지키고 있고, 황보세가 근방 이백 장 안쪽에는 여의단의 무인들이 지키고 있는 세가.

사람들은 황보세가를 일컬어 정과 사의 공존 구역이라고 했다. 상식적이지 않은 황보세가의 상황은 사람들에게 특별한 곳으로 인식되기에 충분했다.

사파와 정파가 공존하는 유일한 곳.

사람들의 방문은 크게 늘어났고, 그럴수록 황보세가의 세는 커져만 갔다.

좋은 현상이었다.

그래야 황보세가에서 일어나는 일들이 빠르게 용악의 귀로 들어올 테니까.

용악의 얼굴에 웃음이 감도는 이유였다.

*　　*　　*

태산 황보세가.

집무실이 따로 마련된 공간에 제갈기가 열심히 몇몇 사람들과 머리를 맞댄 체 회의 중이었다.

"그럴 수 없습니다."

제갈기는 결론 내리듯 단정 짓는 말투와 함께 고개를 가로 저었다.

파천마궁의 잔존 세력들을 철수시키자.

이것이 제갈기를 찾은 사람들의 주장이었다.

사파의 무리를 신성한 정파의 영역 안에 둘 수 없다는 것이다.

"당장 파천마궁, 이젠 사라졌으니 혈교의 무인들이라고 해

야겠군요. 그들을 보낸다면 황보세가는 큰 지원군을 잃는 셈
이 될 겁니다."

"그런 것쯤은 감수해야 한다고 생각하오!"

일반인의 머리카락 열 가닥을 하나로 꼬아놓은 것처럼 두터
운 수염을 자랑하듯 달고 있는 오십대 중년인이 소리쳤다.

현 남궁세가주의 넷째 동생 남궁투였다.

"추 대협의 말씀에 찬성하는 바요, 제갈 소문주."

호리호리한 체격에 반백의 수염을 치렁하게 기른 문사 차림
의 육십대 노인이 말을 거들었다.

현 단목세가주의 형 단목우기였다.

두 사람 모두 십대세가를 대표해서 제갈기와 담판을 지러
온 자들이었다.

"두 분의 의견은 충분히 일 리가 있습니다."

제갈기는 두 사람이 흥분해서 소리치자 차분히 가라앉은 목
소리로 입을 열었다.

두 사람은 자신들의 의견이 받아들여지자 헛기침을 하며 다
음 안건으로 넘어갈 준비를 했다.

"하지만 역시 받아들일 수는 없습니다."

"뭐요! 지금 우리와 장난하자는 겁니까, 제갈 소문주!"

"흥분하실 일이 아닙니다. 저는 황보세가를 위해 이 자리에
있는 것이 아닙니다. 십일대세가의 안녕을 위해 황보 가주님
과 하루 열두 시진 끊임없이 생각을 짜내고 있습니다. 그리고
단목세가와 남궁세가에선… 그렇게 고집 부릴 처지가 아니라

생각합니다만."

"……!"

남궁투와 단목우기의 표정이 해쓱해졌다.

제갈기가 대놓고 소호에서 있었던 일에 대해 꺼낼 줄 예상하지 못한 까닭이다.

두 사람은 제갈기를 뻔뻔하다는 눈으로 쳐다봤다.

"들려주신 말씀은 잘 알아들었으니 나머지는 황보 가주님과 제가 알아서 좋은 결정을 내리도록 하겠습니다."

말을 마친 제갈기는 두 사람을 빤히 쳐다봤다.

왜 아직도 자리를 지키고 있느냐는 표정이 이어진 것은 당연했다.

남궁투와 단목우기는 더 이상 버틸 명분이 없어지자 큰 헛기침과 함께 자리에서 일어났다.

두 사람이 나간 뒤 한 사람이 안으로 들어섰다.

"저 두 분의 말도 일리는 있네, 기."

황보성이었다.

이전에 비해 혈색은 좋아졌으나 마른 몸은 여전했다.

"자네가 걱정할 문제는 아니네. 사림주… 이젠 용 소협을 그리 불러야겠지? 아무튼 태산 입구를 지키는 무리들은 사림주가 있는 이상 우리에게 해를 끼칠 수 없네. 아니지, 오히려 도움을 주고 있지."

"언제까지 이 상태가 유지될까?"

황보성은 답답한 심경을 내비쳤다.

외부의 일은 제갈기의 도움을 받고 있고, 내부의 일은 헌원경과 구징효 등이 도움을 주고 있었다.

"소소가 폐관을 마치고 나오면 방법이 있을 걸세. 장제께서도 그것을 무척 기대하시는 것 같던데? 내게도 소소와 같은 여동생이 있었으면 좋겠네."

"내가 했어야 하는데……."

"누가 하든 상관없네. 자네가 할 수 있었으면 자네가 했겠지. 성, 나는 지금 하는 일이 마음에 드네. 다른 세가의 차기 가주들도 마찬가지라고 했네. 그들의 의견을 모두 수용할 수 있는 사람이 내 친구일세. 믿게. 자네를 믿게. 십일대세가연합의 중심은 황보세가지만 그들은 각자의 자리를 잡아갈 걸세. 자네가 있기에 가능한 거야."

좀 더 정확히 얘기하면 황보소소의 뒤에 있는 용악 때문이기는 했지만, 그 또한 황보성이 있기에 가능한 것이다.

제갈기는 이미 소소의 무공이 어느 정도인지 장제로부터 들었다. 십일대세가의 그 누구도 황보소소를 당해낼 수 없다고 했다.

장제가 한 말이니 맞을 것이다.

그렇다면 제갈기가 구상하는 십일대세가연합은 더욱 탄탄해진다. 황보성은 시간이 흐를수록 십일대세가연합의 정신적 지주가 될 테고, 황보소소는 강호 여인들 모두의 선망의 대상이 될 것이다.

제갈기의 계획대로라면 앞으로 일 년 안에 천하 각지의 정보를 매일 받아보게 된다. 오 년 안에는 모은 자료를 토대로 각 세가의 영역을 확장시킬 수 있게 되고, 십 년 안엔 원하는 것을 만들어낼 수 있게 된다.

그것이 사람이든 세력이든.

황보성은 제갈기의 계획을 듣고서 그 포부에 흠뻑 반하고 말았다.

"고맙네."

황보성은 제갈기의 손을 꾹 잡았다. 마치 해줄 수 있는 것이라고는 그것밖에 없다는 듯.

第五章
용악, 홀로 움직이다

천산마제

공투는 주문한 음식이 나올 때마다 조금씩 맛만 보고 수저를 놓았다. 나올 음식이 아직 많이 남았는데 몇 수저씩 먹다 보면 나중엔 배가 불러 먹지 못하기 때문이다.

‘무슨 생각을 하시기에…….’

공투는 용악이 앞에 있어서 제대로 젓가락질도 하지 못했다. 음식이 나왔음에도 용악은 창밖을 내다보기만 할 뿐 젓가락을 들지도 않았다.

‘북단야… 언제고 나타나겠지. 뭔가 있어. 십인회도 그렇고…….’

용악은 사림을 나오기 전에 신녀를 만났다.

황보세가로 급히 떠나기 전에 시켰던 자부문에 관한 보고를

듣기 위해서였다. 하나 정작 자부문에 관한 내용은 간단히 끝
났고, 엉뚱한 얘기를 길게 나눴다.


 "려군을 어찌하실 생각이십니까, 주인님."
 "신녀가 알아서 해."
 "제게 데려오신 이유를 여쭤봐도 되겠습니까?"
 "이유? 당연히 그래야 하는 것 아닌가?"
 "예?"
 "그래야 할 것 같았어."
 "…잘하셨습니다."
 "칭찬인가?"
 "아, 아닙니다. 제가 감히……."
 "천산에서 안 거야. 덤빈다고 다 죽이면 오히려 자기들끼리 뭉
치더라구. 이런저런 놈들 모아두려면 놀아줄 사람이 있어야 하잖
아? 려군이 있으면 날뛰지 않을 테고……. 신녀가 해. 분배하는 것
잘하잖아?"


 그리 긴 대화는 아니었으나 신녀는 용악이 무엇을 하고 싶
어하는지 곧바로 알아듣고 물러갔다.
 사파일통?
 용악은 그런 것은 생각지도 않았다. 단지, 다 죽이기 싫어서
백마신교를 려군에게, 파천마궁을 공투에게, 사람을 신녀에게
맡기려는 것이다.

신녀는 현명한 여인이었다.

이제 할 일은 명확해졌으니 저지를 일만 남았다.

"주군, 식사가 마음에 들지 않으십니까?"

용악의 상념을 방해한 것은 공투의 목소리였다.

"다 먹었다. 용호산은 얼마나 걸리지?"

용호산은 신녀가 정해준 곳으로, 새로운 혈교가 탄생하기에 적합한 장소였다. 포양호에서 가깝고 산세와 지세가 좋다고 했다.

"제 걸음으로 이틀 남짓 거리입니다."

"가깝군. 시마, 여긴 원래 이런가?"

"예?"

"다들 무기를 가지고 있잖아."

공투는 곧장 주위를 둘러봤다.

과하다 싶을 정도로 많은 무인들이 보이긴 했다.

악승이었다면 당장 무슨 일인지 알아왔겠지만 강호 경험이 거의 없다시피 한 공투에겐 무리인 모양이다.

용악은 청력을 돋워 주루의 소음들에 귀를 기울였다.

"많이도 모였네. 전부 그놈들을 잡겠다고 나선 건가?"

"여기뿐이 아니야. 호남성과 절강성에도 정파 무인들의 움직임이 심상치 않아. 이게 뭔 난리래?"

"천마 때문이야."

"엥? 왜 거기서 천마가 나오는데?"

"천마가 십인회를 박살 냈으니 다들 기어나오는 거 아냐."

“그럼 십인회가 있었으면 다 꼬리 말고 안 나왔다는 거야? 어차피 나올 놈들이었어.”

이층 난간 쪽에서 들려온 대화 소리였다.

‘누굴 말하는 거지?’

사람들의 말 속에 ‘천마’ 란 말이 나오지 않았다면 관심조차 갖지 않았겠으나, 천마 탓이라는 말을 듣고 말았다.

‘신녀를 만나고 나오는 건데… 악승이라도 있었으면……’

공투는 사람들의 애기 따위는 전혀 신경 쓰지 않고 있었다. 악승이었다면 벌써 용악이 궁금해하는 애기를 알아왔을 것이다.

“시마, 할 일이 있다.”

“명을 받습니다.”

“황보세가로 가서 조빈을 용호산으로 데려와라.”

“조, 조빈! 호, 혹시 사부님을 말씀하시는 겁니까?”

“……”

‘저, 정말 사부님을 데려오라는 말씀이시다!’

공투는 뒤통수를 크게 얻어맞은 표정으로 용악을 멍하니 쳐다봤다.

“안 가고 뭐 해?”

“사, 사부님이 어째서 황보세가에 계신 겁니까?”

죽었다고 믿고 있던 조빈의 소식에, 공투는 이성을 잃고서 용악을 응시하며 대답을 기다렸다.

“알아보지 않았던 모양이군.”

용악은 그런 공투를 지그시 바라보다 천천히 입을 열었다.

"……!"

용악의 한마디에 공투의 눈동자가 크게 흔들렸다.

용악은 공투를 사림으로 데려가지 않고 근처에서 기다리도록 했다. 공투 스스로 조빈에 대해 알아보도록 시간을 준 것이나 다름없었다.

공투는 용악에게 따질 문제가 아니란 것을 깨닫고 곧장 자리에서 일어나려 했다.

"다녀오겠습니다."

"대답부터."

"…알아보지 못했습니다."

"시마, 너는 혈교의 십대마인 중 한 명이다. 맞느냐?"

"그, 그렇습니다."

"조빈이 누구냐?"

"……!"

공투는 자신도 모르게 마른침을 삼켰다.

혈교의 시마임을 인정한 상황에서 조빈에 대해 할 수 있는 말은 정해져 있었다.

"…제 사부님이십니다."

공투는 결연한 의지를 눈에 담고서 대답했다.

질끈 눈까지 감았다.

용악이 물어본 데엔 이유가 있을 테고, 지금까지 봐온 용악이라면 이대로 보내지 않을 거란 생각이 든 까닭이다.

"앞으로도?"

"…그렇습니다."

"그런 사람에 대해 알아보지 않았다라……."

용악의 담담한 표정이 처음으로 굳어졌다.

"파천마궁을 제 손으로 부수며 모두 잊으려 했습니다. 겨, 결코 주군께 무례를 저지르려 한 것은 아니었습니다."

공투는 급히 자리에서 일어나 무릎을 꿇으려 했으나, 용악이 허락하질 않았다. 옴짝달싹 못하게 된 공투는 고개를 숙인 채 처벌을 기다렸다.

용악은 그 모습에 낮게 한숨을 내쉬었다.

"시마, 네가 할 일이 하나 더 생겼다."

"명령만 내려주십시오. 목숨 걸고……."

"조빈이 용화산에서 엉뚱한 생각 품지 않도록 곁에서 잘 지켜봐라."

"예?"

"새로 지을 건물이 많다. 그중 한 곳을 조빈에게 맡길 생각이다. 다른 생각 품지 않도록 곁에서 잘 봐."

'사부님을 혈교에!'

공투는 그제야 용악이 조빈에 대해 말을 꺼낸 이유를 알 것 같았다. 시마가 된 공투를 위한 일종의 선물이었던 것이다.

"신녀나 악승이 알아서 연락을 취할 거야. 지시에 따라. 그리고 나는 따로 알아볼 것이 있으니 나중에 합류하겠다."

"알겠습니다."

“이건 황보가주에게 전해라.”

용악이 서찰 한 통을 건넸다.

공투는 재빨리 서찰을 갈무리한 후 자리에서 일어났다. 조빈을 만날 수 있다는 생각에 한시라도 빨리 태산으로 향하고 싶은 마음인 것이다.


“이보게들, 저 사람 어떤가?”

용악이 앉아 있는 창가를 기준으로 대각선 방향 뒤쪽에서 식사를 하던 청년 중 한 명이 입을 열었다. 마침 식사를 마친 뒤라 탁자에 함께 있던 청년들이 일제히 용악을 쳐다봤다.

“약해 보이는데?”

구레나룻을 멋지게 기른 이십대 후반의 청년이 고개를 가로저었다.

“아니지. 저런 얼굴이 의외로 외유내강이야. 조금 전에 같이 있던 자가 꽤나 예의를 차리던데?”

갸름한 얼굴에 유난히 입술이 붉은 청년이 구레나룻청년의 말을 반박했다.

두 사람의 눈빛이 살벌하게 부딪쳤다.

이전에도 여러 번 그래 왔던지 처음 용악을 가리킨 청년이 손을 내저으며 분위기를 흩었다.

“어차피 우리는 사람이 많을수록 유리하잖은가.”

“그건 그렇지.”

“모두 내 생각과 다르지 않군.”

더벅머리를 끈으로 묶어 뒤로 넘긴 청년은 진한 눈썹과 주먹코를 갖고 있었고, 강한 책임감이 느껴지는 말투를 구사했다.

탁자에 있는 청년들은 최근 들어 들썩이는 강호에 어떻게든 이름을 남기려는 중소 문파의 아들들로, 일류고수 정도의 무공을 지니고 있었다.

"내가 가서 우리에게 합류할 의사가 있는지 물어보고 오겠네."

주먹코청년은 다른 청년들이 말을 꺼내기도 전에 자리에서 벌떡 일어나 곧장 용악에게로 걸어갔다.

"흥. 치명, 둘러봐."

붉은 입술의 청년이 구레나룻 청년에게 눈짓을 했다.

구레나룻청년은 곧 눈을 빛내며 일층 구석구석을 샅샅이 뒤졌다.

"고연, 저쪽이다. 역시 황무가 설친 이유가 있었어."

구레나룻청년, 치명이 콧방귀를 뀌었다.

황무라 불린 주먹코청년이 왜 저렇게 서둘러 용악에게 다가갔는지 이유를 안 까닭이다.

"저런 걸 회주라고 뽑아서."

붉은 입술의 청년, 고연이 관자놀이를 손으로 눌렀다.

치명이 눈으로 가리키고 있는 곳은 우측 구석이었다. 정확히는 그곳에 모여 있는 여인들이었다.

황무는 저 여인들을 식사하기 전부터 지켜본 것이 분명했다. 그렇지 않고서야 여인들의 시선이 용악을 향해 있다는 것을 알 리가 없었다.

"색골 같으니……. 치명, 너는 좋겠구나?"

"고연, 매번 저러는 것도 아니잖아. 뭐, 이번엔 괜찮은 것도 같고. 하하하."

구레나룻청년이 호탕하게 웃으며 하얀 치아를 드러냈다. 여자 좋아하지 않는 남자가 어디 있겠는가? 치명이라 불린 청년은 여인들이 있는 곳을 돌아봤다.


"정말 한 번도 안 돌아봤어?"

청년들의 우측 맨 끝에 등을 돌리고 앉은 여인 중 한 명이 물었다.

"응."

맞은편에 앉은 하얀 피부에 고양이 눈을 한 여인이 심통 난 표정으로 고개를 끄덕였다.

"네가 그렇게 추파를 던지는 데도?"

"추, 추파? 내가 언제?"

"계속. 그치?"

벽 쪽에 앉은 여인이 나란히 앉은 여인을 돌아보며 묻자, 다들 깔깔거리며 웃어댔다.

"응?"

고양이 눈 여인이 이채를 띠며 고개를 위로 쭉 잡아 뺐다. 마주 보고 앉아 있던 여인이 궁금함을 참지 못하고 거울을 꺼

용악, 홀로 움직이다　143

내 들었다.

　뒤쪽의 상황을 거울로 살피려는 것이다.

　거울에 비친 여인은 학처럼 긴 목선에 커다란 눈을 한, 전형적인 귀여운 외모의 여인이었다. 거울을 통해 드러난 여인을 본 몇몇이 나직이 '오' 하는 탄성을 터뜨렸다.


　반짝.

　용악은 사람들의 탄성에 눈을 들었다가 앞쪽 좌석에서 반사된 빛이 눈에 들어오자 눈을 감았다. 물론 눈을 감기 전에 상황을 파악한 것은 당연했다.

　"소, 소협, 잠시……."

　"……?"

　이마엔 진땀이 흐르고, 다리는 오들거리면서 황무가 말을 걸어왔다.

　"나를 아나?"

　용악은 신기한 눈으로 황무를 쳐다봤다.

　그저 시선을 돌린 것뿐이었다. 한데 황무는 용악과 눈이 마주치자 죄 지은 사람처럼 재빨리 시선을 아래쪽으로 떨어뜨렸다.

　'내가 왜…….'

　황무는 용악과 눈이 마주친 순간 심장이 오그라드는 충격을 받았다. 뒤돌아서 원래 자리로 돌아가고 싶은 마음이 굴뚝같았다.

그러나 황무의 사전에 한 번 내린 결정을 되돌린 적은 없었
다. 이대로 돌아서서 탁자로 가느니 혀 깨물고 죽는 편이 나았
다.

"나, 나는… 저, 절강 출신의… 황무라 하오."

황무는 몇 마디 말을 했을 뿐인데 숨이 턱까지 차오르는 것
을 느껴야 했다. 이런 느낌을 받은 적이 있었다. 바로 마음에
드는 여인의 앞에 섰을 때.

'내가 혹시 이 소협에게……'

황무는 이내 고개를 가로저었다.

용악이 호감 가는 얼굴이긴 했으나 다른 감정을 품기엔 무
리가 있었다. 애초에 용악이 황무의 상상을 초월한 고수라는
생각 자체를 하지 않았기에 든 생각인 것이다.

시간은 흘러가는데 용악은 대답을 하지 않았다.

'맷집이 좋군.'

용악은 황무를 빤히 쳐다보다 피식 웃었다. 더 조여봐야 황
무가 돌아가지 않을 것이란 걸 깨달은 까닭이다.

겨우 일류고수 정도의 무공으로 용악 앞에서 이토록 오래
버틸 수 있는 사람은 흔치 않았다. 어차피 어떤 식으로든 돌아
가는 상황을 알아야 했다.

용악은 슬쩍 기를 거두어들였다.

황무의 반응은 즉시 일어났다. 표정이 순식간에 밝아지며
마치 물속에서 허우적대다 수면 위로 떠오른 것 같은 표정이
나온 것이다.

“이곳 출신의 천악이라 하오.”

용악은 말투를 누그러뜨렸다.

포양호에 있으니 이곳 출신이라 했고, 천마 용악을 줄여서 이름이라 말했다.

“하하하. 천 소협이었구려. 이름을 들으니 가슴이 다 시원해졌소. 소협, 현 강호를 어떻게 보시오?”

“……?”

“현 강호는 엉망진창이오.”

무척이나 준비된 말이라는 것이 여과없이 드러나는 말이었다. 용악이 이름을 밝히면 곧 본론으로 들어갈 생각을 하고 왔던 모양이다.

“…금지된 무공을 사용하는 자들에 이어, 사파의 진정한 괴수라 할 수 있는 천마에, 이젠 정체 모를 마인들까지 강호 전역을 들쑤시고 있소.”

황무는 압박이 풀리자 특유의 입담을 거침없이 풀어냈다. 그리고는 친구들이 있는 탁자를 손으로 가리키며 다시 용악을 쳐다봤다. 아직 할 말이 남아 있다는 뜻이다.

“모른 척해도 그만이오. 우리가 나선다고 세상이 바뀌는 것은 아니잖소? 하지만! 나와 친구들은 그럴 수가 없었소. 분연히 일어났소. 소협, 혼자보다는 함께하는 지혜가 필요하오. 우리와 함께 가는 것이 어떻소?”

“…….”

용악은 귀찮다는 생각조차 들지 않았다.

황무가 절정고수만 됐어도 이런 일 자체가 일어났을 리 만무하지만, 불행하게도 황무는 일류고수 수준을 많이도 아닌 살짝 넘긴 상태였다.

용악의 표정을 또 읽은 모양이다.

"천 소협, 누구나 처음엔 그런 법이오."

'그런 법?'

거침없는 황무의 말에 용악은 한 가지 확신을 얻을 수 있었다, 눈앞의 황무란 자가 무척이나 단순하다는 것을.

"우리는 오로지 의기! 강호를 위해 한 몸 바칠 용기 하나만 필요한 사람들이오."

"……."

용악은 황무의 진지한 얼굴 때문에 웃을 수도 없었다. 말하고, 추측하고, 결론짓는 것이 황무에겐 무척이나 쉬워 보였다.

용악이 진지하게 쳐다보자, 황무는 용악을 설득했다고 여겼는지 무척이나 만족스러운 얼굴로 손을 들어 주먹을 움켜쥐었다. 그리고는 황무의 눈동자가 슬쩍 옆으로 미끄러졌다, 여인들이 있는 탁자로.

용악은 황무의 눈동자를 따라갔고 그 시선의 끝에 여인들이 닿자, 어이없는 웃음을 터뜨리고 말았다. 지금까지 심각하게 했던 모든 말이 신빙성을 잃는 순간이었다.

'괜히 들어줬나…….'

용악의 후회는 이미 소용없었다.

황무는 용악을 일행이 있는 탁자로 안내했고. 곧이어 여인들에게 가서 합석할 것을 종용했다. 여인들은 거부감없이 합석하게 됐고, 황무의 입담을 즐기며 자연스럽게 일행이 됐다.

"저… 아까 성함을 듣긴 했는데 기억을 못해서… 성함이 어떻게 되세요?"

한참 황무의 얘기가 진행되고 있는데 한 여인이 용악을 돌아보며 급작스럽게 물었다.

"하하하. 희 소저, 아까 제가 말씀드렸잖습니까. 다시 한 번 말해드릴 테니 잊으시면 안 됩니다. 저는 황무, 이 소협은 천악, 그리고 치명, 고연 등등입니다."

"어이, 황무!"

'등등'에 속한 청년들이 황무에게 소리치며 항의했다.

스스로 희령이라 밝힌 여인은 웃으면서도 용악에게 시선을 떼지 않았다.

'뒤에서 볼 때와는 또 다른데? 이 한량들과는 뭔가 다른 분위기가 느껴지는걸?'

'귀찮군.'

용악은 희령이 빤히 바라보자 시선을 옆으로 돌렸다.

그러자 이번엔 다른 여인이 용악을 쳐다봤다.

거울을 이용해 호기심을 채우던 운설이란 여인이다. 나란히 앉은 나머지 두 여인은 황무의 입담에 반응하며 무척 즐거워하고 있었다.

"운 소저, 즐거우세요?"

"예. 황 소협의 입담이 너무나 재미나요."

　황무의 마음이 운설로 확 돌아서는 순간이었다.

　원래는 희령을 마음에 두고 있었으나, 그녀가 노골적으로 용악에게 관심을 보인 이상 자신에겐 승산이 없음을 안 것이다.

　"천 소협은 어느 문파 소속이세요?"

　희령이 이번에는 다른 질문을 건넸다.

　"그런 곳 없소."

　"예? 그럼 무공은……."

　"적당히."

　"예?"

　"원래 말이 없는 편이오."

　대답하기 싫다는 간접적인 표현이었다.

　"그, 그러세요……."

　희령은 용악의 무성의한 대답에 고양이 눈을 가늘게 좁혔다. 지금까지 수많은 남자들의 추파를 받아온 그녀에게 이런 식의 반응을 보인 남자는 처음이었다.

　'혹시 허우대만 멀쩡한 남자 아니야?'

　문파도 없다고 하고, 무공도 적당히 익혔다는 남자.

　믿을 만한지 확신을 가지기 힘들었다.

　강호인에게 무공이란 생명과 다름 아니었다.

　여자지만 희령은 일류고수라 불리기에 전혀 손색없는 무공을 지니고 있었다. 더 큰 물로 나가기 위해서는 그녀를 보호해 줄 사람이 필요했지, 그녀가 보호해 줄 사람이 필요한 것은 아니었다.

"하하하. 희 소저, 천 소협의 말은 믿지 마시오."

황무가 갑자기 끼어들었다.

용악은 의아한 표정을 지었고, 희령은 기대 어린 눈으로 황무의 다음 말을 기다렸다.

"조금 전에 천 소협 혼자 있는 자리로 갔을 때, 정말 책에서나 볼 수 있는 일을 겪었지 뭐요?"

"책이라니요?"

"전설처럼 입에서 입으로 전해 내려오는 고수들의 무용담을 적은 책 말이오. 높은 경지에 오른 고수는 눈빛만으로 사람을 죽일 수 있다지 않소. 제가 그걸 겪었소. 천 소협의 눈빛을 보는 순간… 휘유, 정말 죽을 뻔했지 뭡니까? 하하하!"

황무는 어디선가 본 내용을 말한 것에 불과하지만, 듣고 있던 용악은 속으로 감탄할 수밖에 없었다.

희령을 붙잡아두기 위해 모두 황무가 일부러 꾸며낸 말이었으나, 전부 사실이었기 때문이다.

'의기상인을 이 사람이?'

희령은 황무의 말을 전혀 못 알아듣는 용악을 보며 속으로 콧방귀를 뀌었다. 이번 여행을 함께할 대상을 바꿀 필요가 있었다.

"황 소협, 언제 떠날 거요?"

용악은 청년들과 여인들의 지루한 수다가 끝날 생각을 하지 않자 지치고 말았다.

한참 여인들과 좋은 느낌을 쌓아가던 황무는 용악의 질문에
주먹코를 씰룩이다 갑자기 탁자를 내려쳤다.

탕!

"지금이오. 역시 내가 사람을 잘못 보지 않았소! 군웅들이
모이고 있을 남창으로 출발합시다!"

황무가 자리에서 일어나며 앞장섰다.

그 뒤를 치명과 고연이 뒤따랐고, 당당하게 계산을 마친 뒤
문을 나섰다.

"천 소협, 저분들과 원래 아는 사이세요?"

운설이 용악의 곁으로 다가와 조용조용한 말투로 물었다.
그런 운설을 용악은 아무런 감정이 담기지 않은 눈으로 쳐다
봤다.

"오늘 처음 봤소."

"…아."

운설이 지금까지 겪었던 일반적인 남자들과는 완전히 다른
반응이었다. 창피하고 어색해진 상황에 용악이 쐐기를 박았
다.

"주루에서 거울로 다 봤잖소?"

"령아, 가자."

운설은 용악의 말이 끝나기가 무섭게 희령을 잡아끌며 앞장
섰다. 합석한 이후, 용악이 한 번도 운설을 보지 않기에 일부러
말을 붙여봤는데 제대로 망신을 당한 것이다.

희령이 운설에게 끌려가며 깔깔대며 웃어댔다.

용악이 자신에게만 냉랭하게 대하는 줄 알았다가 운설도 무안을 당하자 그것이 기뻐서 웃는 것이다.

'남창이라……. 용호산과는 좀 멀어진 건가? 그나저나 그동안 같이 다니는 것이 버릇이 됐나? 다들 보고 싶군.'

희령 덕분에 황보소소가 떠올랐다.

사림이종으로부터 잘 지내고 있다는 소식을 들은 후라 걱정은 되지 않지만, 가끔씩 헛간에서 달빛을 이불 삼아 지내던 때가 기억나는 건 어쩔 수 없었다. 그래서 황무 등과 함께 있는 것인지도.

*　　　*　　　*

황무 등의 목적지는 강남삼대주루 중 한곳인 등왕각이었다. 이미 수많은 인파가 등왕각 주위에 진을 치고 있었고, 안으로 들어가지 못한 사람들은 근처 주루나 모여 있을 장소에 모닥불을 지피고 있었다.

"천 소협, 정말 무기가 필요 없소?"

황무는 이곳까지 오는 동안 몇 번이나 용악에게 무기의 중요성에 강조하고 또 강조했다.

"필요하면."

용악의 대답은 항상 똑같았다.

황무가 보기에 용악은 고수가 아니었다.

당연한 것이, 오해를 살짝이라도 하려 해도 용악이 신법이

든 보법이든 펼치는 모습을 봐야 할 게 아닌가?

이곳까지 오는 동안 용악은 단 한 번도 무공을 펼치지 않았다. 물론 황무가 생각하기엔 그랬다.

'천 소협이 앞으로 무기 찾을 일은 없겠군.'

황무는 용악이 무기를 찾지 않는 이유가 다른 데 있다고 결정 내렸다, 싸움이 일어나면 도망칠 거라는 쪽으로.

'여자들만 아니었어도…….'

황무는 거의 다 넘어온 희령을 돌아보며 고개를 끄덕였다. 이 모두가 용악 덕분이라고 생각하면 도망친다는 것도 용서 못할 일은 아니었다.

"천 소협, 내가 천 소협을 생각해서 하는 말이니 곡해없이 들어주시오. 싸움이 일어난 후에는 나도 내 몸 하나 간수할 여력이 없을 거요. 그만큼 이번에 싸울 마인들은 흉포하다 하오. 그러니 꼭 내 곁에 붙어 계시오."

황무는 용악에게 말을 하다가 스스로 생각해도 멋지다고 여겼는지 대상을 뒤쪽의 희령으로 바꾸었다. 진심을 담은 눈빛과 신뢰 넘치는 목소리라면 충분히 희령을 넘어오게 할 수 있다는 확신이 든 것이다.

"여인들부터……."

"하아, 역시 내가 책임져야 할 문제요."

황무는 용악이 말을 끝내기도 전에 길게 한숨을 내쉬고는 곧장 여인들에게 다가가 용악에게 했던 말을 똑같이 늘어놓았다.

"…아시겠소, 소저들? 자, 다들 나를 따르시오."

황무는 비장한 각오로 여인들과 함께 용악을 가뿐하게 지나쳤다.

용악은 황무가 어떤 행동을 하든 신경 쓰지 않았다.

등왕각 칠층, 담벼락에 기대선 흑의인 셋, 사람들에게 가려져 보이진 않지만 모닥불을 지핀 쪽.

황무가 지나치는 동안 눈여겨본 자들이다. 아직은 기를 갈무리할 정도는 아니었으나 관심을 둘 필요는 있어 보였다.


몰려든 군웅들을 움직인 사람은 등왕각 칠층에서 아래쪽을 내려다보던 자였다.

"본인은 여의단 강서 지부의 부탁을 받고 나선 태극검호(太極劍豪)란 과분한 별호를 가진 문근약이오."

문근약의 인사가 끝나자 일대에 모인 중인들 사이에 침묵이 흘렀다. 그리고는 잠시 후에 환호가 터져 나왔다.

와아아아!

황무와 일행 역시 환호에 합류했다.

"황 소협, 저 사람에 대해 아시오?"

용악이 환호하는 황무의 손을 슬며시 잡아당겼다.

그러자 황무는 맥이 탁 풀린 표정이 되어 용악에게로 돌아섰다.

"…문 대협을 모르오, 천 소협?"

"모르오."

"무당 본산의 제자들도 익히기 힘든 태극검해를 무려 구성
까지 익힌 분이 문 대협이시오."

"구성? 대성한 것도 아니고?"

용악의 대답에 황무의 표정이 심각해졌다.

강호에 대해 아는 것이라고는 쥐뿔도 없으면서 무공을 대성
한다는 말은 들은 모양이다.

"무당파의 태극검해는 웬만한 제자들은 구경조차 할 수 없
는 무공이오. 그 난해함에 대한 유명한 비유가 있소. 무당산
정상은 원래 현재의 반도 안 됐다고 하오. 태극검해를 익히던
제자들이 대성하길 염원하며 무당산 입구에서 돌을 날라다 정
산에 놓았는데, 그것이 현재의 높이까지 쌓인 것이오."

황무는 자신이 말을 해놓고도 저절로 고개를 끄덕이고 말았
다. 자신에게 한 말에 그 자신이 설득당한 현상이었다. 그러고
서는 자신의 화술에 화들짝 놀라 감탄까지 하고 말았다.

"태극검해… 그토록 대단하다니 보고 싶어지는군."

용악은 황무의 말을 듣기나 했는지 혼자 결론을 짓고 말았
다. 당연히 열심히 설명한 황무의 노력에 대한 어떤 말도 없
이.

'이런 덜떨어진 놈아! 네가 무공을 안다면 뭘 얼마나 안다고
문 대협의 무공을 평가하고 자빠졌냐!'

머릿속이 아닌 입으로 소리치고 싶었으나 아직은 본심을 밝
힐 때가 아니었다. 여인들이 보고 있는 곳에서 격 떨어지는 행
동을 해선 안 되기 때문이다.

“모두… 그럴 거요.”

태극검해를 보고 싶어할 거란 말이다.

황무의 인내심이 더 바닥으로 추락하려 할 때 문근약이 중인들에게 움직일 방향을 알려주며 훌쩍 신형을 날렸다.

황무는 역시 존경할 수밖에 없도록 만드는 대협이라 생각하며 빠르게 일행을 이끌고, 물론 여인들만 챙겨서 문근약이 사라진 방향으로 움직였다.

문근약이 중인들의 시야에서 사라지기까지는 두 번의 도약이 있었다. 사람들을 이끄는 법을 아는 자였다. 시범을 보여 충동을 일으킨 것이다.


황무의 바람은 문근약과 함께 움직이는 것이지만, 앞선 사람들은 황무에 대해 그다지 알고 싶어하는 사람이 없었다.

많은 사람들이 움직이는 상황이기에 자연히 두 패로 나뉘었고 그중 한 무리를 이끌게 된 자들이 저들 흑포인 셋이었다.

그들은 뒤따라오는 중인들에게 멈추란 손짓을 하고는 시체를 면밀히 살폈다.

“이건 소혼화린(燒魂火鱗)에 당한 건데……”

시체들의 흔적을 살피던 흑의 무복의 사내가 연륜이 묻어나는 말투로 입을 열었다. 함께 있는 세 명의 중년인보다 덩치가 크고 각진 얼굴 때문에 강직하다는 인상을 주는 중년인이었다.

“소혼화린?”

누군가 일행에게 묻는 소리였다.

"아주 오래전에 한 노마가 사용하던 암기요."

다른 흑의중년인이 입을 열었다.

"암기?"

"얼핏 보면 반딧불 같지만 엄청난 화기로 이루어진 암기요. 몸에 닿으면 살갗이 완전히 타기 전엔 꺼지지 않소."

"그럼 몸에 닿지 않으면 되겠네?"

계속해서 질문을 하던 사내가 중년인을 비웃듯이 크게 소리 쳤다.

설명을 해주던 흑의중년인이 픽 웃었다.

"내가 말한 것은 하나의 소혼화린에 대한 것이오. 그것을 은 형개(隱形蓋)에 넣어 쏜다면… 이 자리에 모인 사람들은 누구 도 살아남지 못하오."

"도대체 대협은 뉘시기에 그리 잘 아는 거요?"

"공문장(工蚊帳)에서 나왔소."

흑의중년인이 출신을 말하고 난 뒤, 여기저기서 의견 교환 하는 소리가 이어졌다.

"고, 공문장! 백년한철에서 실을 뽑고, 만년거암에서 철을 골라낸다는 그 공문장? 좀 비키시오, 좀 비켜!"

신경질적으로 소리를 지르며 사람들 사이를 비집고 튀어나 온 사람은 오 척 단신의 노인이었다.

"세간의 소문은 과장됐습니다, 풍수자 선배."

각진 얼굴의 흑의중년인은 노인을 한눈에 알아봤다.

"켈켈. 누가 있어 소혼화린을 단번에 맞히나 했네. 공문장의 이름난 삼형제라면 믿을 만하지. 놈을 잡을 때까지 자네들 뒤에서 신세 좀 지겠네."

풍수자라 불린 노인은 망설임없이 흑의중년인들 뒤에 섰다. 천문지리에 해박해서 기관진식과 토목진학의 대가로 불리는 노인이 풍수자였다.

그런 노인이 흑의중년인들 뒤로 물러섰다. 사람들은 일제히 길을 터주며 흑의중년인들의 뒤로 붙었다.

세 흑의중년인에게 소혼화린을 막을 비책이 있음을 알게 된 것이다.

"자네들이 입고 있는 옷인가?"

풍수자가 넘겨짚듯이 물었다.

"흑각사의 뿔과 백섬와의 피부에서 실을 뽑아 만든 흑포라고 합니다."

"소혼화린에 타지 않지. 그렇지?"

"흑포에 흠집을 낼 물건은 많지 않습니다."

"켈켈. 내가 아주 탁월한 선택을 했군. 혹여 놈이 나타나면 최대한 높은 곳으로 올라가는 것 잊지 말게. 자네들 보고 희생하라는 소리가 아니라, 내가 아래쪽에 작업할 시간을 벌어달라는 게야."

"방법을 여쭤봐도 되겠습니까?"

"방법? 그런 것 없다. 한 번만 놈의 공격을 막으면 내가 가둬버릴 거거든."

“역시 진법으로…….”

“당연하지. 이래 봬도 신 선배를 제외하면 당할 사람이 없다구. 켈켈. 그나저나 신 선배는 왜 안 오고 자네들이 나선 게야?”

“사숙께선 아직 황보세가에서 돌아오지 않고 계십니다.”

“황보세가? 요즘 유명세를 떨치는 그 황보세가?”

“그렇습니다.”

“거길 왜 신 선배가…….”

“장제께서 황보세가주의 외조부님 되십니다. 돈오삼검 선배와 함께 세 분이서 계신 이유지요.”

“오호라. 켈켈. 장제께서 오라면 오고 가라면 가는… 사이가 무슨 막역지우라고. 좋이지. 그래서 나는 장제와 친하게 지내지 않지.”

풍수자는 자신이 무척 현명하다는 말을 하고 싶은 듯 가슴까지 두드리며 좋아했다.

그러자 앞장서고 있던 공문장 삼형제는 동시에 풍수자를 돌아봤다.

“…….”

“…….”

“왜 그런 눈으로 보는 게지?”

“아닙니다.”

첫째 이장진이 웃으며 고개를 흔들었다.

“신 선배가 나에 대해 뭔 얘기를 했나?”

"사숙이 어떤 분이신데 저희가 감히 여쭙겠습니까. 우연히… 아, 아닙니다."

이장진은 웃으며 말을 하다 풍수자의 표정이 사나워지는 것을 보자 급히 입을 다물며 걸음을 빨리했다.

평생을 쫓아다니며 배움을 청하는 철 안 든 노인네의 얘기를 할 수는 없었기 때문이다.


"황 소협, 공문장에 대해 아시오?"

용악은 공문장 삼형제와 풍수자의 대화를 모두 들은 후였다. 신공장에 관한 얘기이니 당연히 관심이 갈 수밖에 없었다.

"공문장? 설마 거길 몰라서 묻는 건 아닐… 거라 잠깐 생각해 봤소만……."

황무는 의심스러운 눈으로 용악을 쳐다봤다. 몰라서 묻는 것이 아니란 생각을 잠깐, 아주 잠깐 했다가 용악의 눈을 보고 급히 자세를 고쳐야 했다.

"…하하. 정말 모르는군요. 뭐, 강호 활동을 안 하면 모를 수도……. 험, 검을 만드는 곳은 많지만, 그 검이 담길 검집을 만드는 곳은 많지 않소. 그 대표적인 곳이 공문장이오."

"검집?"

"오래전부터 정과 사를 막론하고 검의 고수들에게 검이 생기면 가장 먼저 들르는 곳이 공문장이었소."

"검집 때문에 간단 말이오?"

"하하하. 당연히 검집 때문은 아니고… 공문장에 있는 특별한 장포 때문이오."

"장포?"

"공문장의 특별한 장포를 얻으면 세 가지로부터 자유롭다
고 하오. 독, 물, 불. 흑포야말로 나 같은 무인에게 어울리는 물
건이오. 다들 검집을 핑계로 흑포를 얻기 위해 들르는 거요."

황무는 흑포를 걸치면 이렇게 행동하겠다는 듯 거드름을 피
우며 걷는 자세를 취했다.

"그렇게 대단하오?"

"대단한 정도가 아니오. 공문장의 흑포야말로 진정한 명장
의 작품이라 할 수 있소. 물론 직접 본 적은 없지만……."

황무는 당연히 나와야 하는 용악의 반문이 없자, 곧장 말을
이었다.

"천 소협, 엄청난 고수들조차 얻지 못한 걸 설마 내가 봤을
거란 생각은 하지 마시오. 말이 그렇다는 거니까, 말이. 아! 한
데, 갑자기 공문장에 대해 궁금해진 거요?"

"사람들이 말하는 소릴 듣고……."

"공문장은……."

황무가 다른 말을 이으려 할 때였다.

"저기다!"

'왔나?'

용악은 외침이 들린 방향으로 고개를 들었다.

위쪽에 몰려 있던 사람들의 움직임이 빨라지며 우거진 숲
안쪽으로 빨려들어 갔다.

　사람들이 저렇게 구경하기 위해 달려갈 때는 그다지 위험한
상황은 아니었다.
　용악은 서둘러 움직이는 황무의 뒤를 유람하듯이 천천히 따
라갔다.
　막 숲 안쪽으로 접어들었을 때, 황무가 일행과 몸을 낮춘 채
숨어서 어딘가를 쳐다보고 있는 모습을 발견했다.
　"끄아아악!"
　고통에 몸부림치는 비명 소리가 숲을 쥐 죽은 듯 고요하게
만들었다.
　"저, 저렇게 잔인할 수가……."
　황무가 겁먹은 목소리로 주먹코까지 씰룩이며 혼잣말로 중
얼댔다. 십여 명의 무인이 타들어가는 모습은 충분히 공포스
러웠다.
　'바닥에 떨어진 가루는 아무런 반응이 없다. 그렇다면 사람
에게만 반응하도록 만들어진 암기란 건가?
　용악은 반딧불처럼 반짝이는 소혼화린이 무엇으로 만들어
졌는지는 몰라도 암기가 분명했다.
　타들어가던 사람들이 의복만 남기고 사라졌다.
　그 광경을 보고도 움직이는 세 사람이 있었다.
　흑포를 입고 있는 공문장 삼형제였다.
　'곤이 저런 형태일까?
　공문장 삼형제가 입고 있는 흑포를 보며 용악은 천마삼보
중 하나인 곤의 형태를 떠올려봤다. 신녀는 때가 되면 자연스

럽게 알 수 있다고만 했지, 자세한 말을 해주지 않아 곤에 대해
선 아직까지 의문으로 남겨 있었다.

'도왕의 공격을 한 번은 막아줄 수 있으려나?'

용악은 아직 보지도 못한 곤을 입고, 면에서 점으로 변환시
킨 천마수를 도왕에게 한 방 먹이는 상상을 했다.

"켈! 피해라! 놈이 소혼화린을 뿌렸다!"

누군가가 급하게 소리치며 수십, 수백에 달하는 반딧불을
향해 달려갔다.

'진을 이용하려는 건가?'

용악은 달려간 노인이 공문장 삼형제와 함께 있던 키 작은
노인임을 한눈에 알아봤다. 또한 노인이 지금 무엇을 하려는
지도.

퍽. 퍽.

노인은 반딧불을 보며 땅을 마구 걷어찼다.

엄청난 속도로 이곳저곳을 종횡하며 걷어찬 횟수가 무려 백
팔 번.

"에고, 힘들다."

노인이 소매로 이마를 훔치며 아직 떨어지지 않은 반딧불을
쳐다봤다.

"저, 저……!"

사람들이 경악하며 노인을 쳐다봤다.

그러나 사람들이 예상하는 결과는 일어나지 않았다.

노인의 앞까지 내려온 반딧불이 투명한 유리벽에라도 부딪

친 것처럼 주르륵 미끄러지며 바닥에 쌓여갔기 때문이다.

"역시 풍수자 어르신이시다!"

노인을 알아본 사람이 크게 외쳤다.

이곳엔 구경을 위해 모인 사람들이 대부분이었다. 당연히 자신들을 지켜줄 수 있는 고수의 등장에 환호하지 않을 리 없었다.

그때였다.

쾅!

공문장 삼형제가 지면에 두 다리를 대고 무려 삼 장 가까이 물러섰다.

"소혼, 여긴 내가 처리하겠네. 어디 보자, 풍수자. 기관진식의 대가지만 무공은 약함. 여기 그렇게 쓰여 있군. 흐흐흐. 교주께서 세 성 중 한 곳이라고 하셔서 기대했건만, 떨거지들만 온 모양이야."

소혼화린을 뿌리던 자 하나라고 여겼던 풍수자는 이채를 발했고, 풍수자의 등장에 환호했던 사람들은 슬금슬금 뒤로 물러섰다.

소혼의 앞에 모습을 드러낸 자의 얼굴은 초립에 가려져 있어 보이지 않았으나, 전신은 감싼 검붉은 망토가 무척이나 위험한 자란 것을 유감없이 보여주었다.

"켈. 교주? 노부에 대해 잘 알고 있는 것을 보니 혈교의 주구더냐?"

풍수자는 공문장 삼형제를 무슨 수법으로 날렸는지 전혀 보

지 못한 상황이었다. 말을 붙여보면서 정체를 알아보려는 것
이다.

"혈교? 호호호. 풍수자 늙은이, 나는 백마신교의 적양포라
한다. 혈교가 아닌 백마신교의."

"백마신교?"

풍수자는 처음 듣는 이름에 고개를 갸웃거렸으나, 그 모습
은 적양포를 자극하기에 충분했다.

적양포의 얼굴을 가리고 있던 초립이 날아갔다.

쾅!

"……!"

바로 앞에 멈춘 초립을 보며 풍수자는 얼굴을 굳혔다. 허공
에 박혀 버린 것처럼 초립은 허공에서 '그그궁' 소리를 내며
멈췄다. 아니, 멈춘 채로 회전했다.

그것이 신호였는지, 적양포의 뒤에서 세 줄기 그림자가 튀
어나갔다.

세 인영은 모두 특색을 갖추고 있었다.

절름발이에 움직일 때마다 상체를 흔들거리는 인영.

몸을 회전시켜 빈 소매를 무기로 사용하는 인영.

소혼화린을 사용하지 않고 사람들을 손과 발로 부러뜨리는
인영.

그들이 움직일 때마다 무인들의 몸엔 구멍이 생기거나, 잘
리거나, 부러졌다.

장내는 삽시간에 비명으로 가득 찼다.

　대개 기를 다룰 줄 알게 되면 기의 소모를 줄이기 위해 직접적인 타격은 피하는 것이 일반적이었다. 허공을 격해 기를 발출해야 공수의 전환도 쉽고, 그 편이 움직임도 수월한 까닭이다.

　그런데 이들 셋은 모두 근접거리에서 도살을 행하고 있었다. 내공과 속도에 자신이 없고서는 취할 수 없는 방식이었다.

　'흐흐. 제법 강한 놈들도 섞여 있지만, 놈들은 손을 쓰지 못하지. 행여 정파 나부랭이들이라도 상하게 하면 그 원망을 고스란히 받아야 할 테니……'

　적양포는 상황을 즐기듯이 둘러보며 정파 무인들이 죽어가는 모습을 지켜봤다.

　검붉은 망토를 열자, 호랑이 가죽으로 만든 옷이 드러났다. 적양포의 눈이 민활하게 움직이는 세 명의 마인을 지켜봤다. 세 마인이 지나가는 자리에선 어김없이 비명이 터졌다.

　콰콰콰!

　"당조, 한 발로 움직이려니 불편하지 않아?"

　"외팔이 정춘이 할 말은 아니지 않나? 크크."

　"알겠네. 가장 멀쩡한 내가 열심히 죽이지."

　소혼까지 거들자 셋은 파안대소를 터뜨리며 도살을 시작했다.

第六章
내가 간다니까

천산마제

흩어진 세 명의 마인 중 용악이 있는 곳으로 온 자는 절름발이 당조였다.

그는 닥치는 대로 무인들을 벼룩 밟듯 밟아갔다.

당조가 한참을 열중할 때였다.

쇄액!

'암기!'

당조는 본능적으로 축으로 삼던 왼발을 접으며 상체를 뒤로 숙이게 만들었다.

핏.

뺨을 긁으며 지나가려는 물체를 잡았다.

'돌멩이?'

당조는 날아온 물체를 확인하고는 눈을 치켜떴다.

누군가 돌멩이를 날려 당조의 무자비한 도살을 멈추게 만든 것이다.

무인들은 당조가 더욱 살기등등하게 쳐다보자, 슬금슬금 물러서기 시작했다.

그때, 당조의 눈에 들어온 한 사람이 있었다. 손에 돌을 들고 멍청한 얼굴로 당조를 바라보고 있는 주먹코에 눈썹 진한 청년, 황무였다.

"너냐?"

당조가 손을 들어 황무를 가리키며 물었다.

사람들의 시선이 일제히 황무에게 몰려갔다.

황무는 갑작스런 일에 당황해서 옆을 돌아봤다.

돌멩이를 들고 있긴 했지만 그것은 자신의 의지가 아니었다. 갑자기 용악이 무언가를 주기에 받아 든 것뿐이었기 때문이다.

용악은 황무가 돌아보자 태연하게 고개를 돌렸다.

"천……."

"너냐고 물었다."

'뭐가 나냐는 거지?

당조가 재차 물었으나 황무는 이유를 알 수 없기에 대답을 하지 못했다.

"대단한 소협을 옆에 두고도 몰랐구나."

"소협, 혼자 괜찮겠소?"

황무의 주위에 있던 사람들이 이구동성으로 관심을 보였다.
상황이 기묘하게 돌아가자 뒤에 있던 희령 등 여인들도 황무
를 보는 눈이 바뀌었다.
"황 소협, 대단하세요."
희령의 한마디까지 더해지자 황무는 더 이상 물러설 수가
없게 됐다.
"나요."
황무가 비장한 표정으로 대답했다.
뭔지 몰라도 당조와 같은 마인이 화를 내는 데엔 이유가 있
을 것이다.
'죽더라도 이름을 날리고 죽는다.'
황무는 이를 악물고 당조를 노려봤다.
당조가 보기엔 아무리 후하게 점수를 줘도 자신의 일 초조
차 제대로 받지 못할 애송이였다.
척.
"오라."
황무가 검을 들어 올리며 자세를 잡았다.
"이……!"
당조는 황무의 어설픈 자세에 짜증을 내려 했으나, 급히 입
을 닫아야 했다. 어이없게도 황무로부터 위협적인 예기가 느
껴진 탓이다.
그때, 황무의 뒤에 서 있는 용악이 눈에 들어왔다.
지금과 같은 상황에서 전혀 동요하지 않는 눈.

조금 전에 느꼈던 예기의 주인은 황무가 아니라 용악일 수 있었다.

"너로구나."

"그래, 나다!"

황무는 버럭 소리를 질렀다. 어차피 버릴 목숨, 사람들의 입에 오르내릴 일화 정도는 만들어주고 싶어 일부러 소리쳤다.

하지만 당조는 황무의 말을 듣지도 않았다. 몸을 돌렸다 싶은 순간 당조의 몸이 회전을 했고, 곧장 황무를 향해 무서운 속도로 돌진해 왔다.

쉬아악.

'죽었나…….'

황무는 눈에 보이지도 않는 회전을 바라보며 이를 악물었다.

멍청한 놈, 자질이 천박한 놈, 아비의 반의반만 닮았어도 벌써 고수가 됐을 텐데, 등등.

황무는 지금껏 단 한 번도 아버지한테 칭찬을 받아본 기억이 없다. 잘하다가도 작은 실수 하나라도 하게 되면 곧바로 날아오는 질책과 꾸중. 그런 환경에서 자라온 황무에게 지금 이 순간은 그리 나쁘지 않았다.

그래서 웃을 수 있었다.

강호에 나와서 사권 치명과 고연이 떠올랐고, 두 친구와 함께 만났던 여인들이 떠올랐고, 뒤에 있을 용악이 떠올랐다.

'이왕 이렇게 된 것, 제대로 된 공격이나 한번 해보고 멋지

게 죽자.'

검을 힘껏 쥔 황무는 곧바로 입을 벌렸다.

"으아아아아!"

황무의 갑작스런 반응에 지켜보고 있던 용악이 낮게 한숨을 내쉬었다.

당조와 황무의 무공은 현격한 차이가 있었다.

부딪치는 순간 황무는 즉사를 면치 못할 것이다.

"죽고 싶나?"

용악의 목소리가 강렬하게 황무의 귓속을 파고들었다. 황무는 소리를 내지르다 잠깐 멈칫거렸고, 그 정도의 시간이면 용악에겐 충분했다.

팡!

용악은 가볍게 발을 굴러 먼지를 일으킨 후 황무의 발을 걸었다. 황무가 중심을 잃고 앞으로 고꾸라지려 할 때, 용악이 아직 땅에 닿지 않은 황무의 발바닥을 찼다.

턱.

"우어……."

황무의 상체는 뒤에서 받쳐 주는 힘에 의해 다시 일어섰다. 중심이 앞에 있게 되자 황무의 자세는 안정되게 됐고, 이전과는 비교도 안 되는 속도로 튀어나갔다.

"헛!"

당조는 먼지를 뚫고 튀어나온 황무의 검을 보고 깜짝 놀라 신형을 빙그르르 회전시켜 간신히 피했다.

"저, 저런 멋진 허허실실을!"

풍수자는 적양포 때문에 도와주지는 못하고 안타까운 눈으로 황무를 지켜보기만 했다. 그러다 예상치 못한 공격이 나오자 탄성을 터뜨리고 말았다.

"방심했군, 당조."

적양포는 가볍게 대답했으나 속으로는 풍수자 못지않게 놀라고 있었다.

까드득!

적양포는 자신의 망토를 창처럼 뾰족하게 만들어 풍수자와 공문장 삼형제를 겨누었다. 황무를 도우러 가지 못하게 하려는 태도였다.

당조를 제외한 정춘과 소혼이 중인들을 도살할 수 있도록 고삐를 쥐고 있는 것이다.

'당조, 어서 애송이들을 죽여라.'

적양포는 당하고 있는 당조에게 속으로 짜증을 냈다.

당조가 애송이들을 빨리 처리하면, 풍수자와 공문장 삼형제를 혼자서도 감당할 수 있기 때문이다.

그때, 적양포의 눈에 기이한 상황이 들어왔다.

'저놈, 뭐지?'

적양포는 황무가 아닌 용악을 노려봤다.

당조를 눈앞에 두고도 허둥대거나 도망치지 않고 황무의 곁에서 구경하듯 서 있었다. 그 모습이 너무도 여유로웠다.

‘춤…다.’

당조는 황무의 능력을 과소평가했다는 사실에 한기를 느꼈
다. 풍수자와 공문장 삼형제를 제외하면 그의 일수를 받아낼
자가 없음을 확신한 뒤이기에 더욱 놀랄 수밖에 없었다.

“어… 내가……”

황무는 어떻게 된 일인지 아직도 믿을 수 없어 쉴 새 없이
눈동자를 좌우로 돌렸다. 낯선 목소리에 놀라 잠시 멈칫거렸
는데 그 뒤로 이상한 일이 일어났다. 몸이 갑자기 앞으로 쏠렸
다가 앞으로 튀어나갔다.

“천 소협, 혹시……”

용악이 지금의 상황을 만들었느냐는 질문을 하고 싶었으나,
이내 고개를 가로저으며 입을 닫았다.

“제법이구나. 하지만 그런 재주를 지녔음에도 멍청한 척해
서 나의 판단을 흐리게 한 죄… 죽음뿐이다.”

황무가 일부러 멍청하게 행동하지 않았다면 당조가 실수했
을 리 없었다. 다시 당조의 전신에서 살기가 피어났다.

“이런 느낌이란 건가……”

황무는 당조가 뭐라고 하든 여한이 없었다.

어떤 힘의 도움을 받았던 당조를 물러나게 한 것은 황무였
다. 그것 하나만으로도 황무는 스스로가 너무도 자랑스러웠
다.

주위에서 웅성대는 소리는 귀에 들어오지 않았고, 지금과

같은 상태라면 당조를 상대할 수 있을 것 같았다.

황무는 터져 버릴 것 같은 심장을 진정시키며 눈에 힘을 주어 쏟아지려는 감격의 눈물을 참아야 했다.

그리고 곧이라도 움직일 것 같은 당조를 보며 다시 공격하지 않게 해달라고 속으로 빌고 또 빌었다.

"다시 막아봐라."

당조가 힘껏 땅을 박찼다.

당조의 신형이 줄을 감아 힘차게 던진 팽이처럼 회전하며 솟아올랐다가 황무의 앞으로 떨어져 내렸다. 땅에 닿는 순간 황무는 다른 무인들처럼 짓이겨져 내버려질 것이 분명했다, 적어도 용악이 없었다면.

용악은 당조가 움직이자 재빨리 황무의 옆으로 움직여 황무의 어깨에 손을 올려놓았다. 황무는 당조의 움직임을 감상하듯이 바라보고 있다가 어깨에 감촉이 느껴지자 고개를 돌리려 했다.

"영웅이 되고 싶은가?"

"……!"

그 목소리였다. 당조를 공격할 때 멈칫거리게 만들었던 그 목소리였다.

"가장 잘할 수 있는 공격을 해봐."

'처, 천 소협……'

황무는 생각을 오래 끌지 않았다. 아버지로부터 배운 무공은 선무십팔로란 검법이었다. 신선이 세상에 내려올 때 추는 검무라 해서 그리 붙여졌다고 했다.

선무승천(仙舞昇天).

검의 잔영을 신선의 옷자락처럼 펼쳐 상대의 공격을 와해시키는 초식이었다. 하나 일천한 내공으로 펼치기엔 요원한 초식이기도 했다.

막 황무가 선무승천을 펼치려 진기를 끌어올리려 할 때, 용악은 이화유능제를 침투시켜 황무의 진기가 어떻게 흐르는지 파악했다.

황무의 단전에서 일어난 진기가 용악의 이화유능제에 의해 산산이 흩어졌다. 길이 좁으면 그만큼 느릴 수밖에 없었다.

용악은 황무의 몸을 일시적으로 바꿔주기로 했다.

그것은 특별한 조치가 필요없었다. 그저 진기가 흐를 수 있도록 길을 임의로 확장시켜 주기만 하면 그만이었다.

“……!”

황무는 단전이 불덩이처럼 뜨거워진다 싶더니 맹렬히 끓어오르는 것을 느꼈다.

다가오는 당조의 공격을 막아야 했다.

생각은 곧 어떻게 해야 하는지 몸으로 표현되도록 해주었다.

쾅!

“……!”

팔이 부러질 것 같은 묵직함이 느껴졌다. 하나 그것이 전부였다. 당조의 발과 부딪쳤음에도 날아가거나 부러진 곳이 없었다.

당조의 놀란 얼굴이 보였다.

황무는 지금이라면 공격을 성공시킬 수 있을 것 같았다. 자신감은 곧 검으로 드러났다. 당조의 축이 됐던 왼발을 찍어간 것이다.

“아!”

희령이 자신도 모르게 양손으로 입을 막으며 안타까운 소리를 냈다. 당조를 혼자서 상대하는 황무의 모습에 감동한 것이다.

황무에 대한 인상이 완전히 달라지는 순간이었다.

“저렇게 대단한 분인 줄 알았으면 어젯밤에 못 이기는 척 따라가는 건데…….”

“대단하다…….”

운설이 질투 섞인 반응을 보였다.

“그치? 황 랑은 너무 겸손한 것 같아.”

“화, 황 랑? 언제부터?”

“지금, 아니… 어제 황 랑이 나를 안았을 때부터.”

“어제? 아무 일도 없었다며?”

“사랑이란 감정은 무슨 일이 있어야 생기는 게 아니야. 황 랑이 내 손을 잡았을 때, 난 이미 황 랑의 것이나 다름없다고 생각했어.”

희령이 고양이 눈을 몽롱하게 뜨며 얼굴을 붉혔다.

“퍽이나. 흥.”

희령을 잘 아는 세 여인은 아주 빠르고 간결하게 콧방귀를 뀌고 말았다.


당조는 왼발을 찍어오는 황무의 검을 피하기 위해 몸을 뒤로 빼려 했다.

“조심해.”

툭.

“……!”

당조의 등에 무언가 닿았다.

등을 내준 것이다.

황무와 함께 있어야 하는 애송이가 보이지 않았다.

그 짧은 사이, 당조는 눈앞의 황무를 놓치고 말았다.

푹.

“……!”

황무가 한쪽 무릎을 꿇은 채 검으로 그의 복부를 뚫어버렸다. 사혈은 피했다. 이대로 황무를 떨어뜨리면 살 수 있었다. 용악의 이화유능제에 제압당하고도 움직일 수 있다면.

“으으… 으아아아!”

황무는 고함을 지르며 당조의 복부에 박혔던 검을 무자비하게 빼냈다.

검을 통해 손으로 전해지는 빡빡한 느낌.

처음으로 사람을, 그것도 황무에겐 벅찬 고수를 죽인 것이다.

“끄륵… 너, 너……”

바닥에 눕는 당조가 황무가 아닌 용악을 돌아보려 몇 번이고 시도했으나 그러기엔 너무 무기력한 상태였다.


와아아아!

엄청난 함성이 떠나갈 듯 터져 나왔다.

이십대 중, 후반의 두 청년이 맨손과 검 한 자루로 이루어낸 성과는 엄청났다. 특히 당조의 몸에 검을 꽂은 황무에 대한 환호는 엄청났다.

'저놈… 고수다!'

적양포는 당조가 어떻게 죽었는지 모두 지켜봤다.

황무의 검 따위에 찔려서 죽은 것이 아니었다. 당조의 뒤쪽에 귀신처럼 나타나 황무가 찌를 수 있게 해준 용악 때문이었다.

“켈켈. 내가 저런 녀석들 때문에 살맛이 나지.”

풍수자가 황무를 돌아보며 뿌듯하게 웃었다.

위기의 상황에서 기량을 발휘할 수 있는 황무야말로 기재라 불리기에 손색이 없었다.

“켈. 이제 우리도 시작해야지?”

풍수자는 적양포를 향해 손을 내밀었다.

그러자 적양포의 안색이 굳어지며 급히 몸을 뒤로 뺐다.

“늦었다.”

풍수자가 희미하게 웃었다.

기(氣)는 어디에도 존재한다. 풍수자의 손 위, 적양포가 밟고 있는 땅 위, 하다못해 허공에도 존재한다.

풍수자는 그 흐름을 다루는 데 평생을 바쳤다. 볼 수도 느낄 수도 없는 기를 원하는 영역 안에서는 다룰 수 있게 된 것이다.

적양포는 땅에 발을 디디는 순간 얼음이라도 된 것처럼 꼼짝하지 않았다.

"풍수자 선배, 지금입니다!"

이장진이 크게 외치며 공격을 하려 했다.

"그만두게!"

"예?"

"지금 공격을 했다가는 저 마인과 같이 갇히게 되네. 가만히 내버려 두면 되는……."

드드드—

진 안에서 들리는 것 같은 진동음.

풍수자는 안색을 딱딱하게 굳히며 적양포를 가둔 곳을 급히 돌아봤다.

"저, 저……."

적양포의 망토로 만든 창이 길어지고 있었다.

풍수자는 기함을 하며 서둘러 적양포의 주위를 뛰어다녔다. 그때마다 깊이가 다른 발자국이 바닥에 찍혔고, 그 속도는 점점 빨라졌다.

"놈을 포위하게!"

풍수자는 적양포를 가둔 진 외부에 또 다른 진을 만들었다. 적양포가 진을 뚫고 나와도 다시 가두려 한 것이다.

"알겠습니다, 풍수자 선배!"

이장진은 곧장 몸을 날려 풍수자가 만든 진 주위를 포위했다. 하나 풍수자가 마지막 위치를 밟는 것과 동시에 폭발음이 터졌고, 그 여파로 풍수자의 신형이 흔들렸다.

쿠쾅!

"기다리게! 놈이 진기를 최대한 소모할 때까지 기다려야 하네."

풍수자는 바닥을 구르면서도 공문장 삼형제가 성급하게 굴지 못하도록 했다. 완성된 진이 한 번 더 막아줄 것이기 때문이다.

그러나 적은 적양포 혼자가 아니었다.

"어딜!"

탁한 목소리와 함께 공문장 삼형제를 향해 장력이 십여 번이나 떨어져 내렸다.

쿠콰쾅!

공문장 삼형제는 몇 개의 장력은 해소시켰으나 전부를 감당하기엔 무리였다.

"아……."

풍수자는 답답한 신음을 냈다.

적양포를 막으려다 오히려 세 명의 마인을 한자리에 모이게 만들었기 때문이다.

“잘도 나를! 풍수자!”

적양포가 전신을 살기로 뒤덮으며 풍수자를 향해 적양포창을 찔러왔다.

콰!

공문장 삼형제가 풍수자를 밀어내며 대신 자리를 지켰다. 세 사람은 곧 이어질 공격을 대비해 흑포로 몸을 감싸며 반격을 준비하며 자세를 유지했다.

‘셋은 무리다.’

이장진은 두 아우를 돌아볼 여유도 없이 상황을 살폈다. 적양포에 이어 정천과 소혼이 합류했다. 적양포 한 명을 풍수자와 함께 막았는데 거기에 두 마인이 더해진 것이다.

그때였다.

“괜찮으십니까?”

공문장 삼형제의 목소리가 아니었다.

소리를 듣고 달려온 모양이다. 황무가 먼저 달려왔고, 그 뒤를 용악이 따라왔다.

“자네들……”

“황무라고 합니다. 저도 한손 거들겠습니다.”

황무는 풍수자와 공문장 삼형제에게 포권을 취하고는 적양포 등을 향해 당당하게 돌아섰다.

“켈. 뭐 하는 게야?”

풍수작 황무의 행동을 급히 제지시켰다.

“뭐 하긴요. 저들을 막아야지요.”

“혼자서는 안 돼. 내 뒤로 오게. 이봐, 황 소협을 말리지 않고 뭐 하나?”

풍수자는 용악에게 황무를 말리라는 눈짓을 주었다. 하나 용악은 풍수자를 흘깃 쳐다봤을 뿐 아무런 행동도 취하지 않았다.

“저러다 죽어!”

풍수자가 다시 소리쳤으나 용악은 대답하지 않았다.

“안 되겠다. 이보게들, 조금만 시간을 끌어주게.”

풍수자는 다급해져선 공문장 삼형제에게 도움을 청했다.

“그러다 다 죽어.”

“……?”

갑작스런 말에 풍수자가 목소리의 주인을 찾아 두리번거렸다. 용악 외엔 없었다.

“자, 자네가 한 말인가?”

“진법을 설치하려는 건가? 나라면… 진을 설치하든 말든 상관하지 않겠지만, 저자는 오히려 기다리는 것 같은데? 진이 완성될 때까지 기다렸다가 피할 생각인 거지. 한곳에 모아놓았으니 처리하긴 쉽겠지. 어차피 몇 명 죽이면 우르르 몰려올 것 아닌가?”

용악은 말을 끝내며 풍수자를 돌아봤다.

풍수자는 자신도 모르게 마른침을 삼켰다.

“살고 싶으면, 도망가.”

사람의 목소리엔 그 사람이 살아온 세월이 묻어난다고 한다. 하나 지금과 같은 경우엔 뭐가 담겨 있는 것인가?

용악의 나이는 아무리 많게 봐도 이십대 중, 후반이었으나, 목소리에서 느껴지는 연륜은 백 년 노강호의 그것보다 무겁게 느껴졌다.

풍수자는 뭐라 반박도 못하고 멍하니 용악을 바라보기만 했다.

"훌륭해. 내가 노리는 걸 정확하게 알고 있어. 당조를 죽인 건… 역시 너냐?"

적양포가 끼어들었다.

그의 의도를 한눈에 파악해 낸 용악이 있는 이상 기다리는 것이 무의미하다는 것을 안 까닭이다.

용악은 대답을 기대하는 적양포를 담담하게 쳐다봤다. 그리고는 아주 천천히 입을 열었다.

"지겹다."

용악의 한마디로 팽팽했던 공간이 흩어졌다.

황무를 도와 마인들을 한자리에 모으려 한 의도는 성공한 셈이었으나, 마인들의 숫자가 너무 적었다. 적을 뿐만 아니라 약했다.

"너희들이 날뛰는 이유가 뭐지?"

군웅은 이미 멀찌감치 물러난 뒤였다.

적양포와 두 마인이 합류했고, 풍수자와 공문장 삼형제, 황무가 한자리에 모였으니 괜한 불똥이 튈까 봐 최대한 멀리 물러난 것이다.

'이, 이 청년은 누구지? 그럼 황 소협이 아니라……'

모두들 당조를 죽인 사람이 용악임을 깨달은 것이다.

"날뛰어? 흐흐흐. 어린놈이 말을 함부로… 컥!"

마인들 중 당조가 죽는 모습을 본 사람은 적양포뿐이었다. 아무것도 보지 못한 소혼으로서는 당연한 비웃음이었다.

'뭐지?'

적양포는 눈을 크게 치뜨며 뒤쪽으로 날아가는 소혼을 쳐다봤다. 무언가 소혼의 앞에서 튀어나오더니 그대로 날려 버린 것이다.

"너희들이 사도라 부르는 자들이 아무 말도 안 해주었느냐? 오지 말라고, 내가 간다고 했는데."

'그, 그럼 이자가!'

적양포는 갑자기 오한이 드는 것을 느꼈다.

눈앞의 청년이 누군지 그제야 알 것 같았기 때문이다.

천마였다.

백마신교의 신녀를 데려간 자.

십육사도 중 넷이 한자리에 있었으면서도 막지 못한 자.

팡!

적양포는 곧장 땅을 박찼다.


*      *      *


황무는 아직도 몸속에서 펄떡거리고 있는 진기를 느끼고 있

었다. 당조를 찌를 때 일어났던 힘이 아직도 남아 있는 것이
다.

검을 수련하면서 한 번도 느껴보지 못한 기분이다.

혼자서 이루어낸 결과이기에 영웅이라도 된 것처럼 자신감
이 넘쳤다. 하지만 용악과 마인들과의 대화로 고무됐던 기분
은 금방 가라앉았다.

마인 셋을 앞에 두고도 황무를 대할 때처럼 태연한 용악을
보자, 황무는 당조를 찌르기 전에 일어났던 일과 단전의 폭발
이 누구 덕분인지 알 수 있었다.

풍수자와 공문장 삼형제를 몰아붙이던 적양포와 두 마인이
땅을 박찬 것은 다음 순간이었다.


"덕분에 만나야 할 자들을 만났다. 몸은 한 번 지나간 것을 잊
지 않는다. 네 것이다."


용악이 마인들을 쫓아가기 직전에 황무에게 한 말이다. 황
무는 용악의 말을 듣는 순간 머릿속에 폭발이 일어났다.

몸은 잊지 않는다.

당조를 찌를 때, 단전이 열리던 그 느낌.

사지백해로 뻗어나가는 진기의 흐름.

거짓말처럼 모두 기억이 났다.

'내가 미쳤었나 보다. 저런 고수에게 무기가 없냐고 묻다
니. 더구나 도망치라고? 천… 진짜 이름이 아닐지도 모르지만,

천 소협이 베풀어준 기연은 평생 잊지 않을 겁니다.'

황무는 검을 쥔 손에 힘을 주었다.

이 느낌을 결코 잊지 않을 것이다.

지금은 몸속에 가두어두어야 하지만, 언제고 검을 통해 밖
으로 나오게 될 것이다.

"선배님들, 저는 먼저 가보도록 하겠습니다."

황무는 풍수자와 공문장 삼형제에게 포권을 취하고는 돌아
섰다.

"이보게, 황 소협."

이장진이 황무를 불러 세웠다.

"흑포가 너무 오래 주인을 기다리지 않게 해주게."

"……!"

"자네라면 받을 자격이 충분해."

"…감사합니다."

무공에 이어 흑포까지.

용악을 만난 것뿐인데 그것만으로 황무의 인생은 새로운 변
화가 시작되고 있었다.


*         *         *


구릉 건너편에는 문근약이 이끄는 호위대와 마인들의 싸움
이 치열했다.

호위대와 함께 검을 떨치는 문근약의 검무는 날뛰던 마인들

을 물리치기에 바빴다. 하나 적절한 공격과 방어로 결코 두 명과 동시에 싸우는 법이 없었다.

문근약과 싸우다 밀려나면 곧바로 호위대가 포위해 빠져나가지 못하게 만들었고 자유로워진 문근약은 다른 마인을 향해 움직였다.

그 광경을 모두 지켜보던 광도(狂刀) 강섭이 고개를 가로저었다.

'저놈 하나 때문에 멈춰 있을 수는 없지.'

백마 육 인을 이끌고 있는 자는 광도 강섭으로, 적양포와 비슷한 서열에 올라 있는 자였다.

나서기로 마음먹은 강섭이 도면을 휘었다가 폈다.

콰우— 차앙!

도가 펴지며 날카로운 소성을 냈다.

일반적인 도에서는 날 수 없는 소리였다.

"네가 문제구나."

강섭이 도를 휘두르며 무인 중 한 명의 머리를 밟고 앞으로 쏘아나갔다.

무인의 목이 부러지며 그대로 쓰러졌다.

문근약은 자신을 향해 날아오는 강섭을 보며 검을 고쳐 쥐었다.

불끈, 손에서 은은한 광채가 일어났다가 그대로 검신을 타고 올라가 동그란 환(環)을 이루었다. 검강의 바로 전 단계인 검환인 것이다.

“크하! 검환이로구나. 그것만으로도 내 도를 받을 자격이 있다.”

강섭은 문근약이 일으킨 검환을 보면서도 조심하기는커녕 오히려 더욱 속도를 내 부딪쳐 갔다.

쿠왕!

굉음이 일자, 두 사람의 주위에 있던 무인들이 중심을 잃고 휘청거렸다.

두 사람이 주위 공간을 빨아들인 까닭이다. 하나 그것도 잠시, 이내 엄청난 폭풍이 사방을 휩쓸었다.

드드드드—!

“으어어어!”

중심을 잃은 무인들이 일제히 무기를 땅에 박으며 밀려나지 않기 위해 바동거렸다.

“이래야 정상이지.”

“……!”

섬뜩한 목소리에 버티기 바쁜 무인들은 얼굴을 일그러뜨렸다. 마인들은 문근약과 강섭의 충돌에 전혀 영향을 받지 않은 것이다.

“끄아아악!”

무인 중 한 명이 비명을 지르기 시작하자 연쇄적으로 사방에서 비명이 터져 나왔다.

‘이자는 다른 자들과 다르다.’

문근약과 호위대가 같이 상대하는데도 강섭은 거의 밀리지 않았다. 그것이 문근약의 마음을 더욱 조급하게 만들었다.

싸움이 예상보다 어려워졌다. 수많은 싸움으로 현재의 위치까지 오른 그의 감각이 위험하다는 경고를 하고 있었다.

그때, 문근약을 허탈하게 만드는 일이 벌어졌다.

강섭과 마인 셋만으로도 벅찬데 세 명의 마인이 더 가세한 것이다.

"후우……."

문근약은 모두 일곱으로 늘어난 마인들을 보며 거칠게 숨을 내쉬었다. 상대할 방법이 떠오르지 않자 저절로 절망 어린 한숨이 흘러나오고 만 것이다.

그러나 상황은 문근약의 예상처럼 심각하게 흘러가지 않았다. 가세한 마인 셋은 누구에게 쫓기기라도 하는 듯 연신 주위를 살폈다.

"광도, 갑시다."

적양포가 강섭에게 떠나길 종용했다.

강섭은 황당한 표정이 되어 적양포를 쳐다봤으나, 적양포는 설명해 줄 상태가 아니었다. 강섭의 시선이 정춘과 소혼에게로 향했다.

"적 대주의 말을 들으십시오. 그가 곧 도착합니다."

"그?"

"그… 그가… 헉!"

강섭에게 대답을 하던 정춘이 눈을 크게 치뜨며 허공을 쳐다봤다.

강섭의 시선이 뒤로 돌려졌다.

허공에 점 하나가 보이는가 싶더니 점점 커지며 사람의 형체가 됐다.

쿵!

땅으로 떨어져 내린 인영이 낸 소리였다. 일부러 굉음이 터지도록 만들었다는 것은 소리만 들어도 알 수 있었다.

“누구냐?”

“강 대주, 이쪽으로!”

적양포가 다급한 얼굴로 강섭의 소매를 잡아끌었다.

강섭은 적양포답지 않은 행동에 인상을 쓰다가 용악의 얼굴을 확인하고는 팔에 힘을 주어 버텼다.

“도대체 저 애송이가 누구기에 적 대주가 피하려 하는 것이오?”

“애, 애송… 강 대주, 일단 피합시다.”

“……!”

강섭은 적양포의 행동을 도저히 이해할 수 없었다.

뭔가 사정이 있는 것이 분명했다.

강섭이 다시 용악에게로 시선을 돌렸다.

용악은 둘의 대화를 모두 듣고 있음에도 아무런 행동도 취하지 않고 있었다. 아니, 오히려 둘의 대화가 더 이어지길 기다리는 것처럼 여유롭기까지 했다.

“따라올 용기가 있느냐?”

강섭이 용악을 도발했다.

적양포의 얼굴은 사색이 됐고, 용악은 재미있는 얘기라도 들은 사람처럼 웃음을 띠었다.

"따라오너라."

강섭은 훌쩍 몸을 날렸다.

이곳엔 번거로운 자들이 많았다.

용악의 정체가 범상치 않다고 해도 혼자였다.

강섭은 적양포를 돌아보며 득의의 웃음을 지었다.

그러나 적양포는 이미 사색이 되어 있었다.

"적 대주, 내가……."

"병신 같은……. 도발? 하! 그분이 오시면 각오해야 할 거다."

적양포는 피하자는 말을 잘못 알아듣고 용악을 데려가려는 강섭을 보며 짜증을 냈다. 하나 이미 용악이 온 이상 떼어놓는 것은 불가능해지고 말았다.

'그분이 오실 때까지 시간을 끌어야 한다. 저 병신 같은 강가 놈 때문에 가능할지 모르지만, 최대한 시간을 끌어야 한다.'

이내 자리를 벗어난 적양포의 머릿속은 어떻게든 시간을 벌어야 한다는 생각으로 가득해지고 말았다.

"소협, 어떻게 된 일인지 자초지종을……."

떠나는 자들을 보며 문극약은 안도의 숨을 내쉬며 멈춰서 있는 용악에게 다가갔다. 하나 당연히 자초지종을 말해줄 것이라 생각했던 용악은 문근약을 돌아보지도 않고 훌쩍 몸을 날리는 것이 아닌가?

"헛!"

문근약은 헛바람을 삼키고 말았다.

황당한 일이 벌어진 까닭이다.

마인들이 사라진 곳을 바라보던 용악의 신형이, 허공에서 누군가가 잡아당기기라도 한 것처럼 일직선으로 쭉 뻗어 올라갔기 때문이다.

물론 그곳은 강섭이 날아간 방향이었다.

"오!"

여기저기서 감탄사가 터져 나왔다.

"……."

문근약은 중인들의 감탄사를 들으면서도 멍한 눈이 되어 사라지는 용악의 뒷모습을 바라봤다. 어떠한 신법이든 탄력이 있어야 그것을 추진으로 더 빨리, 더 멀리 날 수 있는 것이다.

용악은 무릎조차 굽히지 않았다. 그럼에도 무시무시한 속도를 낸 것이다, 마치 뒤에서 누군가가 힘껏 민 것처럼.

황당하게도 용악의 담담한 얼굴엔 힘을 쓰는 모습이 보이지 않았다.

"저런 고수가 있었다니……."

문근약은 멍하니 서 있다가 용악이 떨어져 내린 곳을 돌아봤다.

구릉 너머로 일단의 무리가 모습을 드러냈다.

그중에는 알고 있는 얼굴도 있었다.

“풍수자 선배, 무사하셨습니까?”

문근약이 달려오는 풍수자를 향해 포권을 취했다.

“켈. 자네… 음… 여긴 큰 피해가 없었… 그, 그들은 다 어디로 갔나?”

“마인들은 갔습니다.”

“그래?”

풍수자가 이리저리 고개를 돌리며 누군가를 찾았다.

“청년을 찾으십니까?”

“봤나?”

“믿을 수 없더군요. 한 명도 감당하기 힘든 마인들이 그 청년을 보자마자 도망을 가더군요. 도대체 그 청년의 정체가 뭔지…….”

“나도 모르네. 다만, 적양포란 자가 무언가 말을 하다 갑자기 겁을 집어먹더니 급히 도망친 것이 전부였네.”

“저런 마두들이 왜 갑자기 나타난 건지 아십니까?”

“켈. 그걸 알았다면 내가 혼자서 왔겠나? 저런 무시무시한 마두들이, 그것도 한둘이 아닌 떼거지로 있는 곳에?”

풍수자와 문근약은 서로를 쳐다봤고, 이내 몸을 돌려세웠다. 씁쓸한 기분을 들키지 않으려는 것이다.

第七章
진과 휴

천산마제

혈교가 와해된 뒤로 사파는 사파삼대세력, 그중에서도 파천마궁의 활동이 두드러졌다. 당연히 세인들의 기억에는 사파를 대표하는 세력은 파천마궁이란 공식이 자리하게 된 것이다.

천마의 등장은 그래서 더욱 세인들의 관심사가 될 수밖에 없었다. 사파를 대표하는 파천마궁을 단신으로 괴멸시킨 공전절후의 고수, 천마.

그가 나이는 몇이며, 어떻게 생겼고, 무슨 무공을 사용하는지 전혀 알려진 바가 없었다.

그 소문이 파천마궁 따위는 신경도 쓰지 않던 한 사람의 신경을 건드렸다. 지심대인이 거느리고 있는 천급 좌위 중 최강이라 불리는 한 사람의 신경을.

　　지심대인의 천급 좌위 중 가장 강한 사람은 진으로 알려져 있었다. 하나 천급 좌위들 사이에서는 두 번째일 뿐이라는 것이 공공연한 사실이었다.

　　진은 잔머리에 능해서, 일이 생기면 지심대인에게 보고부터 했다. 책임질 구석을 전혀 만들어놓지 않는 것이다. 반면에, 지금 진이 만나러 가는 휴는 머리가 아닌 본능으로 행동했다.

　　그 때문에 큰일이 날 뻔했던 일이 있었다. 이주지심원이 세상에 드러날 뻔했던 일이.

　　그 일이 있은 지 오 년이 지났다.

　　휴는 철저히 격리되어 따로 지내고 있었다.


　　강한 자를 이길 때 느끼는 정복 욕구의 완성.

　　그것이야말로 쾌감 중에서 최고인 것이다.

　　휴는 그것, 정복 욕구라 불리는 쾌감을 즐겼다.

　　지주지심원에서 하류 쪽으로 반나절은 족히 가야 도착할 수 있는 마을.

　　근방의 마을과 마찬가지로 평온한 햇볕과 지루한 일과가 입구에서부터 느껴지는 곳이었다.

　　이런 곳을 최고의 수련장으로 여기는 한 사내가 있었다.

　　“젊은 사람이 대단해.”

　　“그러게 말이야. 하루를 안 걸러. 허허허.”

　　노인 둘이 지나가며 밭을 일구는 사내를 보며 기분 좋은 웃음을 지었다.

밭이면 밭, 논이면 논.

사내의 손이 닿는 곳엔 수확이 좋았다.

"어이! 오늘 돼지 잡는 날이야! 일 마치면 아랫마을로 내려와!"

노인들의 반가운 외침에 그제야 사내는 허리를 펴며 손을 흔들어주었다.

눈꼬리가 처져서 웃는 인상이었고, 호리호리한 체격임에도 어깨가 넓어 그리 말라 보이지 않았다.

"왔으면 왔다고 하지."

사내는 밭을 모두 일군 후 땀을 닦아내고는 노인들이 사라진 자리를 쳐다봤다.

지심대인에게 지시를 받은 진이었다.

'더 강해졌나?'

벼는 익을수록 고개를 숙인다고 했던가?

진은 눈앞의 휴가 구부정해 보였다.

예전의 심장을 도려낼 것 같은 살기도, 진을 시험해 보는 마기도 전혀 느낄 수 없었다.

달라지지 않은 점은 휴의 시선이었다.

진의 일거수일투족을 한눈에 꿰뚫어 보는 눈.

"오랜만이다."

"그래."

잠시 정적이 흘렀다.

"대인께서 함께 움직이라고 하신다."

“그래?”

휴는 목에 두르고 있던 수건으로 상체를 털었다.

진의 한마디에 모든 것이 담겨 있기 때문이다.

지주지심원에만 지급과 인급 좌위들의 수가 일이백은 족히 넘었다. 하나 이들의 역할은 천급 좌위의 보조 정도밖에 되질 못한다. 진정한 실력자들은 천급 좌위들이었고, 그중 진과 휴는 명실상부 최고였다.

“조금만 기다려.”

“기다릴 시간 없다.”

“옷은 갈아입어야 할 것 아니야.”

휴는 웃는 얼굴로 집 쪽으로 걸어갔다.

신법을 전혀 사용하지 않은 둔한 움직임인데 휴의 뒷모습을 지켜보던 진의 눈에 이채가 발해졌다.

쉬엄쉬엄 걷는 것 같던 휴가 어느새 집 앞에 도착해 있었다.

‘축지? 저 걸음에 운외반간을 응용하면……’

진은 자신도 모르게 휴와의 싸움을 머릿속에 그려보았다. 자신이 없는 것은 아니지만 휴의 속도를 따라잡으려면 진 역시 전력을 다해야 할지도…….

잠시 후 휴가 방에서 나왔다.

백의장삼을 입고 영웅건까지 머리에 두르자 기남아가 따로 없었다.

“오늘 떠날 것 같았으면 내가 보내드리는 것이 나을 뻔했어.”

진이 찾아오기 전에 휴에게 말을 걸던 두 노인.

그들은 아마 다시 볼 수 없을 것이다, 평온하기만 한 마을 역시.

휴를 감시하기 위해 만들어진 마을이니, 휴가 떠나면 사라지는 것이 어쩌면 당연한 것일지도.

"이곳에 남겨둔 게 있나? 내가 아는 휴는 그럴 사람이 아닌데 말이지."

"다시 돌아올 곳도 아닌데 뭘 남겨."

휴는 진의 곁으로 와 직접 일군 밭을 향해 손을 흔들었다.

�콰콰콰―!

땅이 뒤흔들리며 뿌려놓은 씨들이 튀어나오도록 만들었다.

바람을 타고 흩날리는 푸른색 잎사귀들.

논에 댄 물이 햇빛을 반사시켰다.

"가자."

휴가 앞장섰다.

지난 오 년 동안 느껴보지 못한 쾌감을 누릴 시간이었다.


*      *      *


쉭쉭.

나무가 빽빽이 들어찬 숲을 걸어가며 노인은 늘어진 나뭇가지를 슬쩍슬쩍 바라봤다. 하나 겉으로 볼 땐 산보처럼 보이는 노인의 눈짓 다음엔 어김없이 나뭇가지들이 떨어져 내렸다.

마하검 누신.

백마신교 서열 이십위에 올라 있었다.

"요즘 들어 자꾸만 사부님의 말씀이 떠오른다. 마하검보다 빠른 검은 얼마든지 나올 수 있다? 불가능한 일이다. 눈으로 베는 검을 어떻게 막을 수 있지? 천마와 혈교… 너희들이 알려 주면 어떻겠느냐?"

검의 길이는 한계가 있다. 하지만 검을 통해 뻗어나가는 기(氣)와 환(環)과 강(罡)은 한계가 없다.

누신은 그 이론을 충실히 따랐다. 원하는 거리를 눈으로 잰다. 하나 눈에 보인다고 다 벨 수 있는 것은 아니었다.

눈으로 보고 거리에 따라 기, 환, 강의 형태로 날리는 것이다.

먼 거리는 기로, 가까운 거리는 강으로.

누신은 어느 쪽도 자유롭게 사용할 수 있었다.

"……!"

생각하며 걷던 누신이 순간적으로 걸음을 멈췄다.

일순간이었지만 강렬한 느낌이 전달됐다.

"저곳은 적 대주와 강 대주를 만나기로 한 곳인데……."

생각과 동시에 누신의 신형이 앞으로 쏘아져 갔다.

촤아— 악—!

나무들이 늘어뜨린 나뭇가지들이 일제히 한 방향으로 고개를 돌린 것은 누신이 사라진 뒤의 일이었다.


약속 장소까지 오십 장도 안 남은 거리인데 어디에도 싸운 흔적은 보이지 않았다.

　누신의 기준으로도 적양포와 강섭은 강한 축에 속했다. 그런 두 사람이 백마 중 여섯을 데리고 있었다.

　'기우였던가?

　누신은 고개를 갸웃거리면서도 살피는 것을 소홀히 하지 않았다.

　이제 몇 번의 도약만 하면 약속 장소에 도달할 수 있었다. 그 정도 거리라면 누신의 이목을 피할 수 없었다.

　누신은 곧 나무 위로 올라가 크게 도약을 했다.

　한 번, 두 번.

　"……!"

　막 마지막 도약을 하는 순간, 팔십 장 밖에서 느꼈던 강렬한 느낌이 누신의 감각을 찔러왔다.

　아래쪽에 두 사람의 모습이 보였다.

　적양포와 강섭, 그리고 처음 보는 청년 한 명.

　나머지 백마는 모두 바닥에 쓰러져 있었다.

　"뭐 하고 있나, 적 대주, 강 대주!"

　누신은 반백의 머리칼을 휘날리며 바닥에 내려섰다.

　예상과 전혀 다른 상황이었으나 누신은 조금도 내색하지 않고 주변을 살폈다.

　백마 중 넷이 쓰러져 있었고, 그나마 일어서 있는 자는 광도 강섭과 적양포가 전부였다. 아니, 두 사람 사이에 처음 보는 청년 한 명까지 셋이었다.

"두 사람, 대답을 못하는 건가, 할 수 없는 건가?"

강섭이 눈을 껌뻑껌뻑 두 번 감았다 떴다.

대답을 할 수 없다?

누신은 용악에게로 시선을 돌렸다.

"네가 대장인가 보군."

먼저 입을 뗀 사람은 용악이었다.

"대장?"

"이 두 사람이 계속 시간을 끌더군. 그만큼 당신을 믿는다면 백마신교에서 꽤 높은 신분이겠지. 교주는 어디 있나?"

용악은 누신의 반문을 가볍게 무시하고 단도직입적으로 물었다.

"두 사람은 언제까지 그러고 있을 생각인가? 이리로들 와."

누신도 용악의 질문에는 대답하지 않았다.

"갈 수 있었다면 이들이 이렇게 있을까."

용악이 피식 웃었다.

꿈틀.

누신은 미간 사이에 주름을 만들었으나 감정을 드러내진 않았다.

"두 사람이 움직일 수 없는 상태를 만들었나? 좋지 않군. 일곱 중에 아직 움직일 수 있는 백마가 둘이라……. 얼마 전 십인회란 곳의 괴멸에 대해 들었다. 천마란 자가 십인회를 만든 절정고수 열 명을 단신으로 상대했다는 소문이었지. 나는 마하검이란 사람일세. 자네가 누군지 물어봐도 되겠는가?"

　누신은 태연하게 질문을 했으나 머릿속으로는 수많은 생각이 지나가고 있었다.

　'원로이신 마하검께서도 놈의 상대가 안 되는 건가?'

　대화를 듣고 있던 적양포의 동공이 크게 열리며 소리라도 지르고 싶은 표정이 됐다.

　'이놈이 소문의 천마? 그렇다고는 해도 많이 젊군. 젊다는 것은… 꽤나 큰 약점이지.'

　누신은 용악을 상대로 자신이 있었다.

　용악이 적양포와 강섭을 놓는 순간을 노리면 필승이라 판단한 까닭이다.

　마하검은 눈으로 펼치는 무공이다. 이십대 청년이 경험해 봤을 리 만무하다. 강호에서 경험은 곧 목숨과 다름 아니었다.

　"말이 통하는 자가 왔군."

　용악은 적양포와 강섭의 어깨에 올려놓았던 손을 떼어냈다.

　'……!'

　기다리던 순간이 왔다.

　누신의 눈에 용악의 정수리가 들어왔다.

　그곳을 향해 가는 빛이 날아갔다.

　검강을 사용하려면 조금 더 시간이 필요했고, 자칫 의도를 읽힐 수 있어 순간적으로 낼 수 있는 힘 중 최고인 검환을 사용한 것이다.

　쉬악!

　"……!"

누신의 길게 늘어뜨린 검환이 정확히 적양포와 강섭의 사이를 자른 것은 분명했지만, 마하검이 자른 것은 용악이 아니었다.

망연자실한 누신의 표정.

용악의 손이 떨어진 순간 적양포와 강섭은 그대로 바닥에 쓰러져 간신히 고개만 들 수 있었다. 누신의 표정이 고스란히 두 사람의 눈에 들어왔다.

'실패다!'

누신의 신형이 움직일 줄 몰랐다.

"그게 전부였나?"

'왼쪽!'

용악이 말을 하지 않았다면 왼쪽에 있다는 것도 알지 못했을 것이다. 용악의 엄청난 움직임에 누신은 절망 어린 표정이 됐다.

"눈을 사용하는 건가?"

용악은 꽤나 흥미로운 목소리로 물었다.

천마등등공 외에 눈을 무공에 응용하는 무공은 처음이었다. 신법이냐, 검법이냐의 차이는 있겠지만 놀라운 일은 분명했다.

"어떻게 피했지? 보였나?"

누신이 눈동자에 이어 목소리까지 떨면서 간신히 입을 뗐다.

"보일 리가 없지. 내가 천마등등공을 익히지 않았다면 피할 수 없었을 것이다. 연환공격의 부재도 아쉬웠고."

"……!"

용악은 마하검의 한계와 보완해야 할 점을 단 한 번 보고 꿰
뚫어냈다.

"크하하하!"

누신은 미친 듯이 웃어젖혔다.

눈보다 빠르게 움직이는 자를 어떻게 벤단 말인가?

마하검을 쥐었던 누신의 손이 스르르 풀렸다.

"교주… 천마는 우리가 어떻게 할 수 있는 자가 아니요."

누신은 허탈하게 웃었다.

그 모습을 바닥에 누워 쳐다보던 적양포와 강섭이 오열이라
도 할 것 같은 표정으로 이마를 바닥에 찧었다.

그때였다.

투학!

짧고 명확한 소리.

'혹시……'

적양포와 강섭은 재빨리 고개를 들었다.

털썩.

누신의 주검 위로 은빛 가루가 떨어져 내렸다.

마하검의 잔재가 누신을 덮었다.

"이제 말을 할 수 있을 것이다."

"…죽여라."

적양포가 저항을 포기한 목소리로 입을 열었다.


*　　　*　　　*

문근약은 여의단 강서 지부장을 만나러 가는 내내 용악의 모습이 잊혀 지질 않았다.

용악이 나타나지 않았다면 강섭과 마인들에 의해 엄청난 피해를 입었을 것이다.

'나도 겨우 상대했던 마인들을 토끼 몰듯이 하는 청년이라니. 풍수자 선배는 뭔가 아는 눈치던데. 여의단이라면 청년의 정체를 알고 있겠지.'

문근약은 강서 지부장의 거처로 들어서자마자 태묵에게 청년의 정체를 물었다.

태묵은 문근약이 지나치게 흥분하는 모습을 보고 급히 부하들을 불러 자초지종을 듣고서 조사하라고 지시를 내렸다.

하루가 지났고, 문근약은 다시 태묵을 찾아왔다.

"문 형, 부지부장을 대신해 수고해 주신 점, 깊이 감사하고 있소. 여의단은 문 형의 도움을 잊지 않을 것이오."

"지부장님, 그런 것보다 좀 더 서둘러 주시면 안 되겠습니까? 그 청년이 어디로 갔는지 만이라도 알아내 주시면……."

"곧 소식이 올 테니 조급하게 굴지 마시오. 백마신교의 움직임이 본격적으로 시작됐으니 그 청년에 대해 알아내는 것은 어렵지 않소."

"본격적이라니요?"

"여의단이 그들에 대해 조사를 시작한 것은 꽤 오래전부터였소, 그토록 빨리 움직일 줄은 생각지도 못했지만. 이번 일로

인해 백마신교는 강호인들에게 제대로 알려졌소. 그것만으로
도 성공한 셈이오. 정파의 피해가 엄청났지만 그들 역시 상당
한 피해를 입었소. 당분간 그들은 모습을 드러내지 않을지
도……."

　'아니다. 그들은 다시, 그것도 빠른 시간 내에 모습을 드러
낸다.'

　문근약은 확신할 수 있었다.

　용악을 따라가던 그들의 눈은 흉포하게 날뛰고 있었다. 그
런 눈빛을 가진 자들이 느긋할 리가 없었다. 욕망을 이룰 수
있을 때까지 계속 직진만 하는 자들이기 때문이다.

　"지부장님의 말씀을 들으니 안심이 되는군요. 그럼 소식이
오면 알려주시겠습니까?"

　"그렇게 하겠소."

　"포양호 근방에 있을 예정이니 거기서 저나 제 호위에게 전
해주시길 부탁합니다."

　"알겠소."

　문근약은 여의단 강서 지부를 나오며 뒤를 돌아봤다.

　강서 지부장 태묵의 표정을 보건대 용악에 대한 정보를 알
려줄 것 같지 않았다.

　'그 청년에 대해 알 수 있는 곳이 없을까?'

　문근약의 머릿속에는 용악에 대한 생각으로 가득했다. 왜
그런 고수를 여의단이 놓치고 있는지 이해할 수가 없기에 더
욱 궁금해진 것이다.

　　　　　　＊　　　＊　　　＊

“가주님, 시마란 분이 접객청에서 가주님을 뵙길 청합니다.”

황보성은 밖에서 들려온 보고에 고개를 들었다.

만나야 할 손님은 대부분 제갈기로부터 전해 듣는데 오늘은 그로부터 아무런 연락도 받지 못한 상황이기 때문이다.

황보성은 곧 자리에서 일어나 접객청으로 갔다.

“황보세가의 가주 황보성입니다.”

“시마라고 합니다.”

“시마… 혹 사림주와 무슨 관계라도…….”

“주군이십니다.”

공투는 태산을 올라오며 사림이종으로부터 황보성을 어떻게 대해야 하는지에 대해 언질을 받은 후였다. 최대한 정중하게 대답을 했다.

“그러시군요. 사림주께선 잘 지내십니까?”

황보성은 용악이 거둔 사람임을 알고서 표정을 부드럽게 폈다.

공투로선 벌써 두 번째 이해할 수 없는 반응이었다.

태산 입구에서 사림이종과 몇몇 기억나는 부하들과의 만남이 그랬고, 지금이 그랬다.

“가주, 오늘 제가 온 이유를 말씀드리겠습니다.”

공투는 용악에 대해 이런저런 얘기를 나눌 입장이 아니었다. 아니, 용악에 대해 입에 올리는 것 자체가 불경이라 여겼다. 그만큼 용악은 공투를 다시 태어나게 만들어주었다.

"말씀하시지요."

"기분이 나쁘셨다면……."

"아닙니다. 사림주께서 인정하신 분이잖습니까."

용악이 인정한 사람이라면 괜찮다는 뜻이다.

용악과 황보성이 무슨 관계인지 모르지만 신뢰가 대단하다는 것을 한마디로 알게 해주었다.

"주군께서 이곳에 조… 파천마궁주가 있으니 모시고 오라셨습니다."

'모시고?'

황보성은 공투의 말투로 두 사람 사이에 연관이 있음을 알았다.

"잠시 이곳에 계시면 곧 사람들을 시켜 데려오도록 하겠습니다."

"예?"

"파천마궁주 조빈을 데려오겠다고 했습니다."

"…예. 부탁합니다."

공투의 눈동자가 떨렸다.

사부를 만날 수 있다는 생각에 본능적으로 그리움이 솟구친 것이다.

"아! 이 서찰을 주군께서 가주님께 전하라고 하셨습니다."

공투가 서찰을 꺼내 황보성에게 건넸다.

황보성은 그 자리에서 뜯지 않고 품에 넣었다.


공투와 조빈의 만남은 아무도 없는 접객청에서 이루어졌다. 조빈은 초췌한 몰골로 들어섰으나 공투를 보는 순간 눈이 살아났다.

"잘 마쳤구나."

폐관 수련을 말하는 것이다.

"사부님께서 자리를 비우셨을 때 출관했습니다."

"그래… 그래……."

두 번의 끄덕임.

첫 번째는 조빈 자신의 경솔함에 대한 후회였고, 두 번째는 파천마궁이 아닌 전혀 다른 곳에서의 조우에 대한 아쉬움이었다.

"…어떤 결과도 받아들일 준비가 되어 있구나, 투야."

조빈은 침묵이 싫었는지 먼저 말을 꺼냈다.

접객청으로 오면서 그동안 했던 생각의 몇 배는 많은 생각을 했다.

공투라서 다행이었다. 다른 사람이 아닌 가장 아꼈던 제자 공투라서 다행이었다.

"사부님……."

굳이 듣지 않아도 됐을 말을 듣고 말았다.

"내……."

“무조건 제게 맡겨주십시오, 사부님.”

공투가 조빈의 말을 끊었다.

“그런다고 하지 않았느냐. 나는 네가 살아 있다는 것만…….”

“파천마궁은 원래 혈교에서 떨어져 나온 것입니다. 맞습니까, 사부님?”

“……?”

“주군께서 사부님께 자리를 내주셨습니다.”

“주… 군?”

조빈의 표정이 딱딱하게 굳어졌다.

“사파의 종주십니다. 저를 시마라 부르십니다.”

“시, 시마!”

“천마께서 저의 주군이십니다.”

공투는 빠르게 말을 마친 후 조빈의 반응을 기다렸다.

“사파의 종주가 되길 한때는 꿈꿨다. 비록 지금 이 꼴이 되었으나 후회는 하지 않는다. 이 사부를 일수에 제압하는 절대적인 신위. 그래, 어쩌면 천마라면 가능할 수도 있겠다.”

“좋은 소식이 있습니다, 사부님. 주군께서 사부님을 데려와도 좋다고 하셨습니다.”

“나를?”

“사부님께서 맡아줄 일이 있답니다.”

“…이 몸으로 말이냐?”

“예전으로 돌아가실 수 있습니다.”

"예전으로? 후후후. 됐다. 꿈은 한 번으로 족하다. 사부는 괜찮으니 그가 시킨 일을 하거라."

"주군께서 시킨 일이라니요?"

"모른 척하지 않아도 된다."

조빈은 말을 마치고 눈을 지그시 감았다.

파천마궁주 조빈이 부하들을 다뤄왔던 방식이 어떤 건지 고스란히 드러나는 모습이었다. 하나 공투는 실망보다 웃음이 나왔다.

"사부님, 제가 주군을 모시게 된 경위를 말씀드리겠습니다. 제가……."

파천마궁의 지하 석실에서 도망친 일과 십인회의 추격을 피하며 용악과 악승을 만난 일, 십인회가 파천마궁을 점령해 총단으로 만든 일, 주루에서 용악에게 도움을 받은 일까지.

"사부님께서 만드신 혈강시 열 구가 제게 큰 도움이 됐습니다."

"혈강시를 얻었느냐?"

"주군께서 제게 주셨습니다."

"주었다?"

"제가 시마가 된 이유이기도 합니다. 사부님께서 만드신 혈강시가 주군의 손을 거치자 완전히 달라졌습니다."

공투는 신이 나서 말했다.

조빈이 이십 년 동안 심혈을 기울여 만든 비밀 병기.

그것이 고스란히 공투에게 갔다고 한다. 결국 돌고 돌아 가야 할 사람에게 간 셈이었다.

"용서할 수 있단 말인가? 황보세가를, 자신의 여자를 죽일 뻔한 나를?"

"여자… 사부님, 무슨 말씀이십니까?"

공투는 처음 듣는 얘기에 의아한 눈이 됐다.

조빈은 황보세가에 갇혀 있으면서 오가는 많은 얘기들을 들은 상태였다. 그러다 용악이 황보세가를 도운 명확한 이유를 알게 됐다.

황보소소 때문이었다. 이미 이곳에 있는 모든 사람은 황보소소가 용악의 여자란 사실을 모두 알고 있었다.

당연히 공투로선 당황할 수밖에 없었다.

"주군께선 주모에 대한 말씀은 전혀 없으셨습니다."

"주모… 허허허."

공투가 얼마나 용악을 따르는지 단적으로 알 수 있는 대답이었다.

"그가 죽으라면 죽을 수 있겠느냐?"

"예."

일말의 주저함도 없는 대답이었다.

이유가 있었다. 공투는 악승의 무공이 어느 정도인지 짐작도 못했다. 하지만 전성기 때의 조빈이 어느 정도의 고수인지는 파천마궁의 팔대마공을 익히면서 알고 있었다.

조빈이 팔대마공을 완성했어도 악승에겐 십초지적이 될 수 없었다. 그런 악승이 용악의 한마디에 복종했다. 용악은 무공도 무공이지만, 사람을 따르게 만드는 무언가가 있었다.

"쓸모없어진 몸뚱이를 데려가려면 네가 고생이 많을 게다."

"사부님이시잖아요. 당연히 제가 모셔야지요."

공투는 함께 가겠다는 조빈의 허락에 함박웃음을 지었다.


그날 오후.

태산 입구로 들어온 또 다른 황보세가의 방문객이 있었다.

용악에 대해 알고자 여의단 강서 지부를 찾아갔던 문근약이다.

'황보세가… 이곳의 정보가 그토록 뛰어나다니 알아보는 수밖에.'

문근약에게 황보세가의 정보를 준 사람은 사숙 현일 진인이었다. 사방팔방으로 용악에 대해 묻고 다니는 문근약이 딱해 보였는지, 해 저물 무렵 찾아와 태산에 가면 알 수 있을지도 모르겠다는 정보를 주고 홀쩍 떠나셨다.

'확실하지 않다면 말씀을 하시지 않는 분께서 알려주신 정보니 틀림없겠… 누군가 있다!'

문근약은 길을 오르다 멈춰 섰다.

불과 열 걸음 걷는 사이에 주변 공기가 달라졌다.

좌에서 우로 고개를 돌리다 소로 옆 반짝이는 빛을 보고 멈췄다.

"누구냐?"

문근약은 반짝이는 빛이 안광이란 것을 확신했다.

"들켰나? 어지간히 예민한 자로군. 이봐, 가던 길 그냥 가는 게 어떤가?"

"모습을 드러내라. 안 그러면 암습하겠다는 의사로 판단하고 손을 쓰겠다."

"큿."

숲에서 두 노인이 모습을 드러냈다.

한 명은 키가 크고 홀쭉했으며 다른 한 명은 작고 뚱뚱했다. 용악의 명령으로 태산 입구를 지키고 있는 사림이종이었다.

"정체를 밝혀라."

"소문 못 들었나?"

"소문?"

"태산 입구를 지나려면 우리를 만나야 한다든지."

"그럼… 산적이란 말이냐?"

"산적!"

목노가 버럭 소리를 지르며 문근약을 노려봤다.

그 때문에 오해는 더 깊어져서 결국 문근약이 검을 뽑게 됐다.

"우린 산적이 아니다. 신법을 보아하니 무당파 출신인 것 같은데, 가던 길이나 가라."

"말하는 투를 보니 사파 무리 같은데, 다시는 허튼짓 못하게 만들어주마."

"이런 개 후… 어? 뚱노, 이게 무슨 짓이야?"

목노가 참지 못하고 문근약에게 달려들 때 뚱노가 거칠게 몸통으로 막아낸 것이다.

"우리에게 볼일이 있어 온 게 아니면 올라가. 우린 산적 따위가 아니다. 주군의 명령으로 황보세가를 보호하고 있다. 너를 노렸다면 벌써 손을 썼을 것이다."

뚱노가 말을 마치고는 입술을 모아 휘파람을 불었다.

그러자 가까운 곳에서 답이라도 하듯이 휘파람 소리가 들려왔다.

휘익— 휘이익—!

시작된 휘파람 소리는 메아리처럼 한동안 계속해서 이어졌다.

"……."

문근약은 뚱노의 말이 사실임을 알고서도 쉽게 경계를 풀지 못했다. 안심시켜 놓고 뒤에서 암습을 일삼는 것이 사파의 무리이기 때문이다.

"등 돌린 자는 공격하지 않으니 걱정 마라."

뚱노가 고개를 저으며 쐐기를 박았다.

"걱정은 내가 아니라 당신들이 해야지. 어설프게 손썼다가는 죽게 될 테니까."

"알았으니 그만 가라."

목노도 화를 가라앉히고 손을 내저었다. 그리고는 두 사람이 숲으로 사라졌다. 문근약은 사림이종이 사라졌음에도 쉽게 자리를 떠나지 못했다.

태산까지 오는 동안 문근약은 황보세가라는 곳에 별로 관심이 없었다. 그저 중소 문파 정도로만 생각한 것이다.

그러나 사림이종을 보는 순간 생각이 크게 바뀌었다.

'황보세가… 정파가 아니었나?'

문근약은 다시 걸음을 옮겼다.

이때까지만 해도 심각하게 생각하지 않았다.

그러나 진짜 사건은 문근약이 중턱까지 올랐을 때 벌어졌다.

위쪽에서 노인과 청년이 걸어 내려오고 있었다.

담소를 나누며 내려오는 모습을 보니 사제지간이 분명했다.

"말씀 좀 묻겠습니다."

문근약은 두 사람과 가까워지자 소매로 땀을 훔치며 말을
붙였다.

"…그렇구나."

"그때는 저도 꽤나 재능이 있지 않았습니까?"

"있었다고 해주랴, 아니라고 해주랴?"

"사부님!"

"허허허."

"하하하."

두 사람의 정겨운 대화는 문근약조차 웃음 짓게 만들었다.
하나 정겨운 것은 정겨운 것이고, 사람이 말을 했으면 반응이
있어야 할 것이 아닌가? 두 사람은 황당하게도 문근약을 무시
하고 지나쳤다.

"이보시오, 두 분!"

입구에서 사림이종 때문에 신경이 예민해진 상태여서 더욱
목소리가 커졌을지도 몰랐다.

정겹게 대화를 나누던 두 사람이 거짓말처럼 자리에 멈춰

섰다.

"지금… 내게 한 말이냐?"

"사람 말을 무시하고 지나가는 사람이 여기 당신들 둘 외에 또 누가 있소?"

문근약은 단단히 화가 나서 물었다.

"흐흐. 당신들… 흐흐흐. 오랜만에 그따위 말을 들으니 신선하기까지 하구나."

"저자가 사부님을 몰라보고 실수한 겁니다."

'이자들은 뭐지?'

문근약은 두 사제의 대화에 어이가 없어 화도 내지 못했다. 아무리 봐도 노인에게선 기의 흐름이 느껴지지 않았다. 청년은 그런 노인의 제자였다.

"여긴 정말 황당한 곳이군."

태산 입구에서 황당한 일을 겪은 지 한 시진도 되지 않았다. 두 사제의 등장은 문근약으로선 짜증이 날 수밖에 없었다.

"이봐, 뭐 해?"

"……?"

"사부님께 사과해야지."

"…사과?"

문근약에게 한 말이 분명했다.

믿기지 않지만, 이십대 후반밖에 안 된 청년이 문근약에게 하대를 하고 있었다.

"사부님께서 당신 목소리 때문에 놀라셨으니 당연히 사과

해야지.”
　“못하겠다면?”
　“사과하는 게 좋아.”
　청년의 분위기가 달라졌다.
　살기와 마기가 자연스럽게 일어난 것이다.
　“사파의 무리들이냐?”
　문근약도 자세를 고쳤다.
　노인의 눈썹이 꿈틀거렸다.
　“호호호. 나 조빈에게 사파의 무리냐고 묻다니. 투야, 당장
무릎을 꿇려라. 이놈의 간이 얼마나 큰지 직접 봐야겠다.”
　‘이 노인은 정말 안 되겠군.’
　문근약은 조빈이란 이름을 가볍게 흘려 넘겼다.
　과거의 모습을 잃은 조빈을 알아보지 못하는 것이다.
　도도한 도가의 기운이 문근약을 감싸며 퍼져 나갔다.
　“해볼 텐가?”
　공투가 조빈을 막아서며 문근약의 기운과 맞섰다.
　‘이놈!’
　공투는 밀려나지 않았다.
　고오오—!
　문근약의 부드러운 기운이 점점 강해졌다. 태극검해의 묘리
를 몸으로 체득한 문근약이었다. 내공에서 서른도 안 된 청년
에게 밀릴 수 없었다.
　‘난, 시마다!’

공투는 당장에라도 혈강시를 부르고 싶었다. 혈강시만 부르면 문근약 따윈 단숨에 날려 버릴 수 있었다.

'호위대만 부르면……'

문근약도 자신의 호위대를 부르고 싶은 마음이 가득했다. 하나 그렇게 했다가는 체면이 말이 아니게 된다.

"이럴 줄 알았지. 시마께선 손을 거두시지요. 당신도."

사림이종이었다.

문근약이 올라가기 전에 먼저 황보세가를 방문한 공투를 만나본 사림이종이기에 혹시나 싶어 올라온 것이다.

"시마?"

"혈교의 십대마인 중 한 분이시지."

목노가 놀라는 문근약을 보며 고소해하는 표정으로 설명해 주었다.

"혈교!"

"왜 이제 좀 후회가 되나?"

"도대체 여긴……."

문근약은 머릿속이 뒤죽박죽된 느낌이었다.

황보세가를 찾았는데 마인들만 만나니 이해할 수가 없는 것이다.

"저분에 대해 들은 적이 있을 거다. 조빈… 아니, 파천마궁주 조빈이라고 해야 알려나? 언제, 들어본 적 있지 않나?"

"파천마궁주 조빈!"

문근약이 그제야 화들짝 놀라 조빈을 쳐다봤다.

전혀 상상할 수도 없는 모습이다.

조빈이 공투를 밀치며 앞으로 나섰다.

문근약은 자신도 모르게 한 발 뒤로 물러섰다.

씨익. 조빈은 그 모습에 굳었던 얼굴을 풀었다.

"호호호. 내가 조빈이란 것을 믿겠느냐?"

"…기억이 났소."

"날 본 적이 있다고?"

"내 사부님이 현양 진인이신데 모를 리가 없지."

문근약의 눈이 냉정하게 가라앉았다.

목소리에선 분노가 느껴졌다.

"현양… 기억하지. 기억하고말고. 현양의 제자였구나. 그럼 건방져도 괜찮다. 하나 오늘은 나를 만나 운이 좋은 줄 알아라. 내 제자는 나처럼 인자하지 않다. 가자, 투야."

조빈은 돌아서며 웃었다.

공투가 문근약과 대등하게 기 싸움을 벌일 정도로 자란 것이 자랑스러웠던 것이다.

"자네 이름이 뭔가?"

문근약이 공투에게 물었다.

"당신과 나는 가는 길이 다르다. 나, 시마, 사파의 길을 가는 사람이다."

"대우를 바라는군."

"바라는 것이 아니라, 그렇게 해야 한다는 것이다."

공투가 마기를 일으키며 문근약을 노려봤다.

공투의 눈엔 긍지가 있었다.

'나이에 비해서는 인정해 줄 만하지만 내 기억에 남아 있는 십대마인에 비하면 많이 모자란다.'

사부인 현양 진인은 혈교의 십대마인에 대해 말할 때, 인간의 한계를 초월한 존재들이라고 했다. 막아서는 모든 것을 부수는 인간 같지 않은 악마들이라고 했다.

당연히 눈앞의 공투에게서 십대마인을 떠올리긴 쉽지 않았다.

"혈교의 십대마인이 황보세가와 무슨 관계지?"

"알 것 없다."

공투는 문근약에게 한마디도 지지 않았다.

또다시 두 사람의 눈이 부딪쳤다.

"황보세가에 물으려고 했는데 혈교의 시마를 만났으니 굳이 갈 필요 없게 됐군."

"……?"

"백마신교라고 들어본 적 있나?"

"……!"

공투의 표정이 사나워졌다.

"아는군."

"들어봤다."

용악이 려군을 데려올 때 공투도 그 자리에 있었다.

"혈교와 백마신교는 적대관계인가?"

"적대관계?"

공투는 문득 이 자리에 용악이 있었다면 어땠을지 생각해봤다. 과연 용악은 문근약과 이런 대화를 나눴을까?

'그럴 리가 없으시지.'

공투가 아는 용악은 질문받는 걸 싫어했다.

"이봐, 정파. 혈교엔 적이 없다."

"저, 정파?"

문근약은 어처구니가 없는 표정을 짓고 말았다. 문근약이란 이름을 밝혔고, 공투를 시마라고까지 불러준 사람에게 정파라고 부른 것이다.

"적이란 싸울 때 쓰는 말이다."

공투가 마치 용악이라도 된 것처럼 말하자, 문근약은 그 모습에서 적양포 등을 몰아붙이던 청년을 떠올릴 수 있었다.

"그 청년은 백마신교의 마인들과 싸울 때 나타났다."

"……?"

"영웅건을 머리에 두르고 있었지. 그래서 나는 그가 정파인인 줄 알았다. 하나 그를 본 백마신교의 마인들이 사색을 하며 도망치기 시작했다."

"어디서 봤느냐… 그분을."

"남창."

"……!"

공투는 직감적으로 문근약이 말하는 청년이 누군지 알 수 있었다.

용악이 분명했다.

"사림이종, 두 분이 알아봐 주시오."

"안 그래도 가려고 했습니다."

사림이종은 공투의 말이 끝나기가 무섭게 바람처럼 신법을 펼쳐 아래로 내려갔다.

"백마신교의 주구들은 몇이나 됐나?"

"그가 천마더냐?"

문근약이 대답 대신 반문했다.

"사부님, 불편하실 수 있습니다."

공투의 말이 끝나기가 무섭게 혈강시 열 구가 모습을 드러냈다. 원래 그 자리에 있기라도 한 것처럼 한순간에 나타났다.

공투는 조빈의 허리를 감고 훌쩍 뛰어올라 혈강시 한 구 위로 올라섰다.

"……."

문근약은 공투와 조빈이 혈강시와 함께 사라지는 것을 보면서 입을 벌린 채 아무 말도 하지 못했다.

'강시… 그래서 시마인가? 강시들을 부르지 않고도 저 정도라면 몇 년 내에 엄청난 고수가 될지도 모르겠다.'

황보세가에 온 목적은 이루었으나 엄청난 광경을 목격하고 만 것이다.

第八章
사파대전

천상마제

경천수라는 사십여 명의 백마와 절강성을 떠나 호남성으로
들어섰다.

"좋군."

마차에 기대어 밖의 풍경을 감상하는 경천수라의 여유로운
목소리가 흘러나오자, 맞은편에 앉아 있던 원로 막량의 눈에
실낱같은 광채가 번뜩였다 사라졌다.

"이틀만 가면 집결 장소에 도착할 수 있습니다."

"알겠네."

막량의 말을 그다지 신경 쓰지 않는 목소리였다.

"교주, 천마에 대한 조사는 어떤 식으로 하실 생각입니까?"

"교주님……."

“……?”

“내가 막 원로와 같은 신분이 아니잖아. 이젠 제대로 교주에 대한 대접을 할 때가 되지 않았나?”

“…죄송합니다, 교주님. 기분이 상하셨다면 용서해 주십시오.”

“용서는 무슨. 막 원로가 이전의 나를 자꾸만 그리워하는 것 같아 말해준 것뿐이오.”

‘사적인 자리에서도 교주 대접을 받고 싶은 건가.’

막량의 표정이 살짝 굳어졌다.

“천마에 대해선 걱정하지 마시게. 집결 장소에 도착하면 자연히 알게 될 테니까.”

“……”

“나를 믿게.”

경천수라는 막량을 힐끗 돌아보며 웃었다.

“믿습니다.”

막량의 대답에 경천수라는 묘한 표정을 지었다.

말로는 믿는다고 하는데 목소리에선 진심이 느껴지지 않는 것이다.

“후회하는군. 그렇지?”

“아닙니다.”

막량은 재빨리 고개를 숙였다.

두 사람은 지금이야 군신지간이지만, 불과 지난해까지 막역한 사이였다.

백마신교에는 경천수라의 혈수라에 필적할 만한 무공이 세 개나 있었다.

흑미륵(黑彌勒), 일명마지(一命魔指), 난화권(亂花拳).

막량이 익히고 있는 일명마지는 금강불괴조차 일지에 뚫을 수 있는 마공이었다.

경천수라는 막량의 일명마지에 뚫리지 않을 혈수라를 완성하려 했고, 막량은 혈수라를 뚫을 수 있는 일명마지를 완성하려 했다. 하나 언제나 승자는 경천수라였다.

막량은 한 번도 혈수라를 뚫어본 적이 없었다.

전대 교주를 죽이고 태사의에 앉아 있는 경천수라를 보며 배신감보다 혈수라를 완성했다는 사실이 믿기지 않았던 것도 그 때문이다.

그런 경천수라가 한 청년의 방문 이후 완전히 다른 사람처럼 변했다. 아니, 전대 교주를 죽이고 신임 교주가 됐을 때부터였을지도.

그 청년이 누군지 경천수라는 한 번도 말해주지 않았다. 백마소집령을 발동하여 백마 전원을 하남성으로 이끌고 온 지금도.

도대체 그 청년이 누구이기에 경천수라를 움직일 수 있는가?

막량의 머릿속에는 오직 그 생각뿐이었다.

강호에 대한 정보라고는 전대 교주가 모아놓은 것이 전부인데다, 그마저도 려군이 떠나면서 모두 사라진 상태였다.

앞으로 어떤 식으로 싸움을 해나갈지 대책이 있기는 있는
것인지 막량으로선 의심이 들 수밖에 없었다.

*　　　*　　　*

"무당 속가제자 문근약이오."
"황보성입니다."
'무공을 모른다.'
문근약은 황보성의 첫인상에 실망하고 말았다. 사림이종과
시마 공투를 만난 뒤라 황보세가주에 대한 강한 인상을 기대
한 탓이다.
"세가가 꽤 넓어졌습니다. 건물도 여러 채 짓고, 함께해 주
겠다는 분들도 받아들이고 했거든요. 둘러보신 소감이 어떠신
지요?"
"…훌륭하더군요."
문근약은 바로 본론을 꺼내고 싶었으나 어떻게 시작을 해야
할지 몰라 망설였다.
"감사합니다. 요즘은 사람들을 많이 만나서 그런지 대화가
제법 늘었습니다. 세가를 보러 오신 것은 아니신 것 같고… 속
시원하게 말씀해 주시면 경청하도록 하겠습니다."
"……."
문근약이 놀란 눈으로 황보성을 바라봤다.
스스로를 낮추는 모습에 놀란 것이다.

“오다가 태산 입구를 지키는 두 노인과 시마란 자를 봤습니다.”

“그러셨군요.”

황보성은 조금도 주눅 들지 않고 고개를 끄덕였다.

“그럼 파천마궁주 조빈이 황보세가에…….”

“맞습니다.”

“…….”

“소문은 들으셨을 겁니다. 파천마궁에서 저희 세가를 공격했지요. 그때 조 대협은 많이 다쳤습니다. 치료가 어느 정도 잘돼서 걸어다니는 데엔 지장이 없기에 모셔가라고 했습니다. 저희 세가와 인연이 깊은 분께서 데려오라고 하신 모양이에요.”

“누굽니까, 조빈을 데려오라고 한 사람이?”

“그건 세가 내의 문제라 말씀드리기 곤란합니다.”

“천마요?”

“말씀드리기 곤란하다고 했잖습니까.”

황보성이 처음으로 표정을 굳혔다.

무공도 모르는 백면서생과 눈이 부딪쳤다는 생각은 이내 지워졌다. 황보성의 눈에는 무공과는 다른 근엄함이 배어 있었다.

“현재 강호는 백마신교란 사파의 세력 때문에 난리가 아닙니다. 이런 때에 천마란 자가 가세하기라도 하면…….”

“남창에서 꽤 큰 활약을 하셨다고 들었습니다.”

“풍수자 선배와 공문장 분들이 도와주셔서…….”

“다른 분의 도움은 없으셨나요? 누군가가 나타나서 마인들을 모두 데려갔다는 얘기가 있던데…….”

‘역시!’

문근약은 황보성이 그날 일을 모두 알고 있음을 느끼고 이채를 발했다. 어쩌면 용악에 대한 정보를 얻을 수 있을지도 모른다는 기대감 때문이다.

“그가 누군지 아시오, 가주?”

“제가 묻고 싶은 말입니다.”

“정말 모르시오? 제가 황보세가를 방문한 이유가 그 때문이오. 그… 청년.”

‘청년…….’

황보성은 문근약의 마지막 말을 듣자 누군가가 떠올랐다. 문근약에게 했던 말은 제갈기로부터 들은 것이 전부였다.

“자리를 너무 오래 비워둔 것 같습니다.”

“……?”

잘 얘기하다가 갑자기 너무 오래 자리를 비웠다?

문근약은 짚이는 바가 있었으나 황보성을 앉혀둘 명분이 떠오르지 않았다.


“그 사람이 누군지 알아냈나?”

황보성은 제갈기의 집무실로 들어오자마자 질문부터 던졌다.

"그?"

"남창에 나타났다던 자들을 데리고 사라졌다고 했던 그 사람 말일세."

"지금 알아보고 있네. 한데, 누굴 만나고 왔기에 이렇게 서두르는 거지?"

"그 자리에 있었던 분이 찾아왔네. 그를, 아니, 그 청년이 누군지 아느냐고 내게 물었네."

"그… 청년?"

"나는 지금 한 사람을 생각하고 있네."

"자네의 생각을 알 것 같군. 최대한 빨리 알아보도록 하지."

제갈기는 황보성의 생각을 듣지 않아도 알 것 같았다. 문근약이 찾는 사람과 제갈기가 궁금해하는 사람이 동일인물일 가능성이 컸다.

*     *     *

마부는 마차에 태운 자들의 정체에 대해 일절 묻지 않았다. 지금까지 살아오며 손님에 대해 궁금해한 적이 없다며 삯만 후하게 달라고 했다.

히이잉―

말이 거칠게 울어대며 앞발을 일제히 쳐들었다.

마차 안에 타고 있던 모건은 짜증을 있는 대로 드러내며 밖으로 나왔다.

“무슨 일이냐?”

“저, 저기 웬 자들이 마차를 막고 있습니다.”

마부가 앞쪽을 가리켰다.

인상을 잔뜩 쓴 오십대 중년인 모건은 마부를 노려보고는 앞으로 몇 걸음 움직였다.

“무슨······.”

모건은 길을 막은 자들에게 경고를 하려다 말끝을 흐렸다. 십 장은 족히 떨어진 거리인데 상대의 시선이 모건의 전신을 노리고 있는 것처럼 느껴진 까닭이다.

“누, 누구냐?”

백마신교 내에서는 절정고수들이 수두룩했다. 그런 곳에서 평생을 지내다시피 했던 모건이 단 한마디에 겁을 집어먹었다.

“이자를 알지?”

청년이 손에 쥐고 있던 자를 모건에게 던졌다.

팡!

마차 창문이 부서지며 누군가 떨어지는 자를 받아 들었다.

“저, 적 대주!”

바닥에 떨어지기 직전에 받아 든 자는 시체와 다름없는 모습의 적양포를 흔들었다.

“저, 처······.”

적양포는 두려운 눈으로 무언가 말을 하려다 이내 혼절하고 말았다.

"네가 한 짓이냐?"

모건은 적양포를 가볍게 내던진 청년, 용악을 노려봤다.

"너희들이 모여 있는 곳으로 갈 줄 알았더니 아니군. 안내해 줄 사람을 바꿔야겠다."

"너, 너희들? 우리가 누군 줄 알고!"

"잘 알지. 백마신교의 인물들이잖아."

용악은 대답과 함께 웃었다.

그 미소를 보자 모건은 가슴이 싸늘하게 식어왔다.

모건은 용악이 웃고 있지만 무척 화가 나 있다는 것을 본능적으로 느낄 수 있었다.

"마하검은 어찌 됐나?"

모건이 긴장한 얼굴로 용악을 노려보며 아무 말도 못하고 있을 때, 마차 안에서 진패가 걸어나왔다. 그의 손에는 묵빛 염주가 들려져 있었다.

염라묵주 진패.

그 역시 백마신교 원로 중 한 명이었다.

"네가 적양포를 데리고 이곳에 왔다는 것은 마하검을 죽였다고 봐도 무방한가?"

"그나마 나은 자가 있군."

용악이 미미하게 고개를 끄덕였다.

"혼자서 나타난 용기는 가상하다만 나에 대해 좀 더 알아봤어야 했다."

"그럴 필요를 느꼈다면."

"대단한 자신감이구나."

"원래 차근차근 밟아 오르는 것을 즐겨하지. 너희들은 나를 노리고 있다면서 내가 누군지 아직도 모르겠나?"

"우리가 너를? 혹시 혈교와 관련이 있느냐?"

"관련이 있지. 아니, 사파 전체와 관련이 있다는 것이 옳겠지."

"사파 전체?"

"내가 사파의 주인이거든. 천마라고. 너희들이 나를 노리고 있다고 하던데."

용악이 혼절한 적양포를 눈짓으로 가리켰다.

진패는 용악의 표정 어디에도 거짓을 느낄 수가 없었다.

'안 그래도 지루하던 터다.'

경천수라의 명령으로 나서긴 했지만 이유도 없는 살인이 마음에 들 리가 없었다. 한데 천마란 놈이 스스로 모습을 드러내 주었다.

진패는 웃었다.

진패의 무공은 염라묵주를 몸에 박아 사용하는 체술로서 염라신이라 불린다. 호두알만 한 묵주 열여덟 개가 박힌 진패의 몸은 금강불괴 이상의 단단한 몸이 된다. 지금껏 염라신이 깨진 경우는 오직 경천수라의 혈수라 외엔 없었다.

꾹. 꾹.

진패는 묵주를 몸에 박았다.

이상한 행동이라 여겼는지, 아니면 얼마든지 준비할 시간을 주겠다는 것인지 용악은 움직임없이 지켜봤다.

"천마, 네겐 이제 기회가 없다."

진패는 열여덟 번째 묵주를 박고는 웃었다.

용악은 진패의 몸이 기괴하게 변해가는 과정을 쭉 지켜보면서 무척이나 흥미로워했다.

용악이 익힌 일홉의 무공이나 천마신공과는 궤를 달리하는 외공 위주의 실전적인 무공처럼 보인 까닭이다.

"특이한 무공이군."

"염라신의 위력을 경험하고도 그런 말이 나오는지 보지."

"그렇게 구슬이 크면 보기 흉하지 않나? 잠력격발에만 신경 쓴 모양이군."

"……!"

진패가 가장 싫어하는 말 중 하나가 보기 흉하다는 말이었다. 진패는 거칠게 호흡을 내뱉으며 기를 확장시켰다.

파ㅡ 앙!

마차를 몰던 말들이 겁에 질려 뒤로 물러섰다.

진패의 신형이 천천히 용악에게 다가갔다.

"너희들 상대가 아니다."

진패는 손을 들어 함께 움직이려는 모건 등을 멈춰 서게 만든 후, 용악과 일 장 정도의 거리를 두고 멈췄다.

천마에 대한 얘기는 수도 없이 들어왔다.

진패의 사부 역시 생전에는 목소리로, 죽어서는 글로 천마의 대단함을 각인시켰다.

어떻게 천마를 상대할 것인가?

천마신공은 형태가 없다고 했다. 검을 잡으면 검으로, 도를 잡으면 도로. 형태가 없기에 상대하기 힘들고, 상대하기 힘들기에 무적이라 불려왔다고 했다.

콰악.

진패는 뒤꿈치를 땅에 박고 자세를 낮춘 상태로 용악을 노려봤다. 그리고는 곧장 신형을 쐈다. 언제나 그렇듯이 바람을 가르는 소리가 귓가를 스쳤다.

'됐다.'

진패는 손만 뻗으면 때릴 수 있는 거리에 들어오자 자신감을 갖고 힘껏 손을 뻗었다.

쾅!

확신을 주는 묵직함이 주먹 가득히 느껴졌다.

쾅!

두 번째 주먹 역시 용악의 몸에 제대로 꽂혔다.

그러나 정작 손을 쓴 진패의 표정이 굳고 말았다.

어이없게도 진패의 주먹을 맞은 용악이 제자리에서 조금도 물러서지 않은 채 서 있었다.

"그런 주먹으론 아무리 때려도 충격을 줄 수 없다."

"……!"

진패의 얼굴에 불신이 깃들었다.

지금껏 진패의 주먹을 막은 사람들은 많았지만 눈앞의 용악처럼 막아낸 사람은 없었다.

"내 차롄가?"

"……!"

진패는 멍한 눈으로 용악을 쳐다봤다. 아니, 쳐다봤다고 여긴 순간, 눈앞에 있던 용악의 모습이 거짓말처럼 사라졌다.

'어디?'

진패의 안색이 퍼렇게 질렸다.

그때, 머리 위로 느껴지는 묵직한 압박감.

막기엔 이미 늦었다.

정수리에 박혀 있는 묵주로 진기를 집중시켰다.

쾅!

"……!"

정수리부터 시작된 고통이 전신으로 퍼지는 데 걸린 시간은 촌각에 불과했다.

비명을 지를 여유도 없었다.

진패는 이어진 공격을 피하기 위해 몸을 움직이려 했지만 생각을 몸이 따라주질 못했다.

"천마수로도 깨지지 않아?"

등 뒤에서 용악의 신기해하는 목소리가 들려왔다.

진패의 머리에 박혔던 염라묵주가 깊숙이 들어간 것 외엔 별다른 변화가 없어 보였다. 겉으로 볼 때는 그랬다.

"흐으… 흐으……."

진패는 거칠게 숨을 계속해서 몰아쉬었다.

닿기 직전에 사라진 용악.

진패가 본 것은 잔상이었다. 그것을 인식하는 데 너무 오래 걸렸다.

퍽!

용악은 진패를 한쪽으로 날려 버리고는 마차에서 꼼짝도 못하고 있는 마인들을 향해 걸어갔다.

마인들이 본 용악의 신위는 가히 가공 그 자체가 아닐 수 없었다.

"집결 장소가 어디지?"

용악이 모건 등을 돌아보며 묻자, 화들짝 놀란 표정의 모건은 자신의 의지와 싸워야 했다. 그리고는 천천히 용악을 향해 움직였다.


마부는 싸움이 일어나자마자 마차 뒤로 몸을 숨겼다. 분명 처음에는 그랬다. 하나 싸움이 시작되고 용악이 진패를 일방적으로 몰아붙이자 눈빛이 변했다.

'어째 혈마와 비슷하다 했더니… 천마의 진전을 이었군. 이래서는 곤란한데……'

생각에 잠겼던 마부가 행동한 것은 용악이 진패를 날려 버린 순간이었다.

마부가 다시 나타난 것은 진패가 바닥에 떨어지기 직전이었다. 아무런 기척도 없이 모습을 드러낸 마부는 진패를 옆구리에 끼었다.

"그냥 둬."

마부가 막 몸을 날리려 하는 순간, 가공할 예기가 전신을 노리고 줄기줄기 뻗쳐왔다.

용악의 시선이 마부를 향해 있었다.

"그럴 거였으면 뭣 하러 내가 모습을 드러냈겠나?"

마부는 가볍게 손을 내젓는 동작만으로 용악의 기운을 차단시키고는 장난스럽게 웃으면 훌쩍 날아올랐다.

순간적으로 일어난 상황이라 용악은 마부를 제지시키지 못했다. 아니, 마부의 행동이 그만큼 빨랐다.

"어딜!"

용악은 천마수를 권으로 응용해 수십 개의 주먹을 뻗는 동시에 천마등등공을 펼쳐 마부를 쫓아갔다.

마부의 움직임은 기기묘묘했다. 마치 용악이 어떤 공격을 펼칠지 알기라도 하듯이 용악의 권을 돌아보지도 않고 흘려보내기 시작했다.

권이 닿을 것 같으면 직각으로 몸을 틀었고, 뚝 떨어져 내렸다가 이내 허공을 유영하듯이 날아올랐다.

뒤쫓는 용악과 마부의 거리는 전혀 줄어들지 않았다.

놀라운 것은 마부가 진패를 옆에 끼고 있다는 것이다.

'절벽이다.'

용악은 앞쪽에 높이 솟은 절벽을 보며 더욱 속도를 냈다. 평지라면 한참을 쫓고 쫓겨야 하겠지만 운이 좋았다.

콰콰쾅!

천마수로 마부의 움직임을 방해하는 것도 잊지 않았다. 하

나 마부는 절벽이 가까워오는 데도 전혀 속도를 줄이지 않았
다.

용악은 뭔가 이상함을 느꼈으나 한 번, 절벽 앞에서 한 번만
멈춰주길 기대했다.

“……!”

용악의 바람을 알기라도 한 것인가?

마부는 절벽이 마치 수평이라도 되는 양, 거침없이 거꾸로
올라가기 시작했다.

용악은 잠시 멈칫했으나 곧장 허공으로 몸을 솟구쳤다. 인
간인 이상 새가 되어 하늘을 나는 것은 불가능하지만 일정 높
이까지는 도약만으로 오를 수 있었다.

턱.

한 발이 절벽에 닿았고, 또다시 몸을 솟구쳤다. 그렇게 네
번을 연속으로 펼치자 제아무리 높은 절벽이라도 정상을 드러
내지 않을 수 없었다.

“하…….”

용악의 입에서 허탈함이 흘러나왔다.

건너편 절벽으로 날아가는 마부를 본 것이다.

용악도 쫓아가려면 쫓아갈 수 있겠지만 마부는 절벽 위가
아닌 바로 아래를 향해 날아가고 있었다.

길을 잘 안다는 뜻이고, 어쩌면 처음부터 그곳을 노리고 있
었는지도 몰랐다.

“누구냐!”

　용악은 건너편 절벽 바로 아래에 착지한 후 돌아보는 마부를 향해 물었다. 계곡 전체가 들썩일 정도의 심후한 내공을 사용했으니 못 들었을 리 없을 것이다.

　"후후. 좋은 내공이야. 혈마도 젊어서는 자네만큼은 아니었을 걸세. 이놈을 찍은 건 내가 먼저니 열받지 말게. 아! 호남성 예릉에 가면 이놈과 같은 종류들을 보게 될 게야. 정확한 위치는 이놈이 안내해 줄 테니 나는 편히 가겠네."

　마부는 손까지 흔들어주었다.

　용악의 눈빛이 가라앉았다.

　지금껏 이런 식으로 농락당한 적은 한 번도 없었다.

　잡은 고기를 거의 다 익혔더니 날름 가져간다?

　있을 수 없는 일이었다.

　"갈 수 있다면 그렇겠지."

　용악은 천마수를 주억거리며 건너편으로 사라지려는 마부를 노려보며 손을 들었다.

　"참! 백마신교는 만만히 볼 자들이 아닐세. 자네가 오죽 잘 처리하겠는가마는, 놀고 있는 부하들도 생각해 주라고. 혼자 날뛰다 객사라도 하면 부하들은 어쩌려고 그러나? 푸하하."

　마부는 손가락 하나를 이마에 댔다가 인심 쓰듯이 말해주었다.

　막 마부가 절벽 안으로 사라지려 할 때였다.

　드드등—!

　"……!"

용악은 손을 쓰려다 말고 아래를 내려다봤다.

용악이 서 있는 곳 아래쪽에서 진동이 시작됐다.

'아까 그 손짓이……!'

마부가 장난처럼 손가락을 이마에 댔던 동작이 인사가 아니었던 것이다.

쿠콰콰콰!

용악은 무너지는 발밑을 피해 뒤쪽으로 신형을 날려야 했다. 이미 건너편에는 마부의 모습을 찾아볼 수 없었다.

"쫓아올 생각은 말게. 나는 백마신교를 노리는 게 아니니 나눠 먹을 걱정도 하지 말고."

바람에 실려 용악의 귀로 전해지는 음성.

마부의 모습과는 어울리지 않는 나이든 목소리였다.

"당신이 원하는 게 뭐지?"

"허허허. 그거야 나중에 알게 되겠지. 내가 누군지 궁금한가?"

"……."

"비밀일세. 파하하."

웃음을 끝으로 마부의 음성은 더 이상 들려오지 않았다.

용악은 속에서 화가 치밀어 올랐다.

검왕에게도 져봤고, 도왕에게 암습도 당해봤으나 지금처럼 화가 치민 적은 없었다.

'호남성 예릉.'

휘이잉—

마부가 사라진 건너편에서 불어온 대신 바람이 용악의 얼굴을 건드렸다. 마부는 결코 검왕이나 도왕 못지않은 고수였다.

*　　　*　　　*

진패는 눈을 뜨려다 질끈 눈을 감았다.

살짝 움직였을 뿐인데 정수리에서 무지막지한 고통이 전신으로 밀려 내려왔기 때문이다.

"깼나?"

"……!"

진패는 낯선 목소리에 억지로 눈을 떴다.

"두개골이 깨졌으니 당연히 아프지. 그것도 각오하지 않고 천마에게 덤빈 건가? 쯧쯧."

"…마부?"

진패는 눈앞에서 혀를 차고 있는 인물을 빤히 쳐다봤다. 분명 자신이 탄 마차를 몰던 마부였다.

"그러게 실력도 안 되는 놈이 천마에게 왜 덤벼. 과거 혈마보다 더 세던데."

"……"

"내가 누군지 궁금하다고? 마부라며? 마부 맞다. 하지만 네가 아는 마부가 아니라, 강호를 이끄는 마부지. 음? 캬… 이런 말을 내가… 너, 들었지? 내가 한 말이다. 강호를 이끄는… 이라니."

마부노인은 자신이 한 말에 감격하며 호들갑을 떨었다. 진패가 듣기엔 손발이 오그라들 것 같은 유치한 말이었으나 마부 덕분에 두개골의 아픔을 잠시나마 잊을 수 있었다.

"노부가 누군지 궁금하지?"

"구, 궁금하오."

"놀라지 않을 자신이 있느냐?"

마부는 갑자기 진지한 표정으로 진패를 쳐다봤다.

"자, 자신있소."

"나는……."

"……."

"마부다. 강호를 이끄는 마부. 파하하!"

"……."

진패는 하도 어이가 없어 비웃을 생각도 들지 않았다. 그러다 두개골로부터 또다시 고통이 엄습했다.

'가만, 움직일 수 있는 건가?

"엉뚱한 생각은 안 하는 게 좋아. 내가 천마로부터 너를 구해냈다는 걸 잊지 말라고. 답 나오지? 노부는 엄청 강한 고수다. 그냥 고수도 아니고… 엄청난 명언을 입에 달고 사는 엄청 강한 고수다."

"……."

진패는 마부노인의 말이 어디까지가 진심이고 어디까지가 농담인지 구별이 가질 않았다.

'천마로부터 나를 구했다고?

백마신교의 원로임에도 진패는 마부노인의 눈빛에 옴짝달싹할 수가 없었다.

"자, 이제 본론으로 들어가 볼까? 지금부터 노부는 딱 한 가지 질문만 한다. 그 질문에 대답을 할지 안 할지는 네 의사에 달렸다. 대답하면 같이 가고, 대답 안 하면 나만 간다. 알겠지?"

마부노인의 마지막 목소리가 낮게 깔리자 진패로서는 항거할 수 없는 압박으로 다가왔다.

진패는 자신도 모르게 고개를 끄덕였다.

"백마신교의 원로 맞나?"

진패는 고개를 끄덕였다.

"백마신교의 뒤에는 누가 있느냐?"

"아무도 없소."

"그럼 몇십, 아니, 백 년이 넘도록 준비만 하던 백마신교가 갑자기 무슨 바람이 불어서 이 난리를 일으킨 거지?"

"그, 그건 교주의 의지요."

진패는 조금의 거짓도 없이 대답했다.

거짓말을 해봤자 마부노인에게 통할 리가 없음을 잘 아는 까닭이다.

"흠……."

마부노인은 잠시 진패를 노려보다 생각에 잠겼다.

준비만 하다 사파일통을 노리고 행동을 시작했다?

그러기엔 너무 약했다.

교주란 자가 그것을 모를 리가 없었다.

뭔가 있었다.

"그… 전대 교주의 유지나 그런 것은 없었느냐?"

마부노인이 아무렇게나 던진 질문에 진패가 움찔거렸다.

'뭔가 있다.'

마부노인은 이채를 발하며 진패에게 조금 더 다가왔다.

"현재 교주란 자가 전대 교주를 죽였구나. 그렇지?"

"……."

"그럼 말이 되지. 역시 백마신교 뒤에는 놈들이 있었어. 드디어 꼬리를 드러내는구나."

마부노인은 혼잣말과 함께 희미한 미소를 지었다. 미소에는 수많은 감정이 담겨 있었다.

"가자."

"이, 이대로는 갈 수 없소."

진패는 자신의 머리를 가리키며 당혹스럽게 외쳤다.

두개골이 부서진 채로 움직인다는 것은 자살 행위나 마찬가지였다.

"호남성 예릉이 집결 장소라는 것만 알아냈다. 더 자세히 말해주면 노부 혼자 가기로 하지."

"저, 정말이시오?"

"그럼. 명언을 입에 달고 사는 사람이 설마 거짓말을 할까."

마부노인이 사람 좋은 웃음과 함께 고개를 끄덕였다.

"호남성 예릉에서 멀지 않은 형산으로 가면 교도들이 알아서 나와 있을 예정이었소.”

“형산? 형산 어디?”

“십동(十洞)이오.”

“알았다.”

“그럼…….”

퍽!

진패의 머리가 뒤로 두어 번 덜컥대며 흔들렸다가 상체와 함께 뒤로 무너졌다.

“네가 정파인들을 아무 이유 없이 해칠 때 이미 네 운명은 정해져 있었다. 고통없이 가는 것도 나를 만난 복이라고 여겨라. 지옥에 가면 나, 사마중경 덕에 일찍 왔으니 복 좀 많이 주라고 해주던가. 그리고 나 혼자 가는 것도 맞잖아?”

말을 하면서 점점 키가 커지던 사마중경은 원래의 모습으로 되돌아왔다.

*　　*　　*

포양호 앞에 선 공투는 사림에서 배가 올 때까지 기다릴 수 없었다.

‘되든 안 되든!’

훌쩍 신형을 띄워 혈강시 한 구의 등을 밟고 다시 도약했다. 같은 방식으로 혈강시를 계단처럼 사용해 빠른 속도로 사림까지 날아갔다.

혈강시는 걱정하지 않아도 됐다.

물에 닿는 면적을 많게 하기 위해 몸 전체로 수면과 부딪친 후 떠오르게 했기 때문이다.

사림에 도착한 공투가 가장 먼저 찾은 사람은 악승이었다.

"대장로님!"

공투의 외침에 먼저 나타난 사람은 천마십팔로 중 넷이었다.

"넌, 누구냐?"

"나, 나는… 시마요. 대장로님!"

공투는 때마침 동굴에서 나온 악승을 향해 손을 흔들었다.

"시마, 어서 오시게. 이분들은 천마십팔로라고 사림의… 아니지, 앞으로는 혈교의 수호신위들이라고 해야겠군."

"저는 시마입니다. 대장로님, 드릴 말씀이 있습니다."

"어떻게 왔는지 몰라도 일단 왔으니 소개해 주… 가만, 주군은 어떻게 하고 혼자 왔지?"

"그 때문입니다. 주군께서 단신으로 백마신교를 치러 가셨습니다."

"백마신교를?"

"황보세가에서 사부님을 모시고 용호산으로 가려고 했는데, 주군께서 그리하라고 시키셨거든요. 한데 문… 뭐라는 자가 주군을 봤다고… 아니, 주군으로 여겨지는 자를 봤다며 황보세가로 찾아왔습니다. 저는 단번에 문 뭐라는 자가 찾는 사람이 주군임을 알아봤고, 사림이종은 곧장 상황을 알아보러

졌습니다."

"…뭔 소리야? 일단 이리로."

악승은 공투를 데리고 석굴 안으로 들어갔다.

석굴 안에는 이미 소란 때문에 신녀와 려군이 대전으로 나오는 길이었다.

"신녀, 시마가… 이 사람이 시마요."

"시마요?"

"주군께서 시마에게 혈강시 열 구를 맡기셨소. 덕분에 땡잡은 사람이오."

"그러셨군요."

신녀는 악승의 말을 알아듣고는 시마를 향해 미소를 보내주었다.

"아… 시, 시마입니다."

공투는 황당할 정도로 아름다운 신녀와 려군을 보며 얼결에 고개를 숙였다.

"무슨 일인지 말씀해 주시겠어요?"

"예? 아! 그, 그게… 주인님께서……."

"잠시만요."

신녀는 공투가 또다시 열을 올리려 하는데 손을 들어 제지시키고는 한쪽 석실 안으로 들어갔다. 잠시 후에 나온 신녀의 표정이 무척 어두웠다.

"주군께선 지금……."

"대장로님, 지금 즉시 천마구로를 대동하시어 호남으로 가주서야겠습니다."

신녀가 공투의 말을 자르며 악승을 돌아봤다.

"두 종놈이 보낸 소식이오?"

"정확한 정보가 아니라 다시 보낸다고 합니다. 하나 지금까지 사림이종이 실수한 적이 없으니 정확하겠지요. 시마, 주인님께선 왜 호남으로 가신 거죠?"

신녀가 공투를 돌아보며 물었다.

무척 냉정한 눈빛이었다.

"호남이 아니라 남창입니다."

"남창… 남창에서 호남으로 어째서……."

"문 뭐라는 자가 분명히 남창이라고 했습니다!"

공투는 신녀가 자신의 말을 듣지 않자 목소리를 높였다.

"호남성이 맞을 거예요. 절강성에서 가까운 곳이 호남성일 테니까요."

세 사람의 대화에 려군이 끼어들었다.

앞으로 한 발 나선 려군은 공투를 빤히 쳐다봤다.

"백마신교를 쫓아갔다고요?"

공투가 려군의 질문에 고개를 끄덕여 주었다.

"신녀님, 저와 묵 사도를 보내주세요."

"그럴 필요 없어요, 려군."

"이 또한 운명이라고 생각돼요. 제가 있어야 할 곳에 있지 않아서 여기까지 오게 된 거예요."

려군은 확신에 찬 눈으로 신녀를 바라봤다.

말린다고 안 갈 사람의 눈이 아니었다.

운명을 믿는 신녀로서는 려군의 뜻을 존중할 수밖에 없었다.

"시마, 려군을 보호해 주세요."

신녀의 눈빛이 또 바뀌었다. 냉정한 눈은 사라지고 공투를 감싸는 눈빛이 되었다.

공투는 멍한 눈이 되어 연신 고개를 끄덕였다.

"시마, 주군께 누가 되는 일이 있어선 안 돼. 내가 어떻게 주군을 모셨는지 잘 봤을 테니 여러 소리 하진 않겠네."

"걱정 마십시오, 대장로님!"

"천마구로, 함께 가세요."

신녀의 말이 떨어지기가 무섭게 천마십팔로 중 아홉이 앞으로 나섰다.

'모두들 신녀님을 절대적으로 신뢰하고 있어.'

려군은 신녀를 향해 배시시 웃어주고는 묵환의 안내를 받아 정박된 배를 향해 움직였다.

第九章
온다고 했잖아

천산마제

남악 형산.

남으로는 회안(回雁)에서 시작하여 북으로는 악록(嶽麓)까지 팔백 리에 이르는 대산맥이 바로 형산이었다.

태산처럼 웅장하지도 않고 험악하지도 않지만, 봉우리들이 바라보거나 등을 돌리고 있는 형상 같다고 하여 구향구배(九向九背)라 불리기도 한다.

형산에 도착한 백마신교의 무리는 북쪽으로 두 시진가량 이동한 후 거대한 동굴 앞에 멈춰 서서 임시 거처를 세웠다.

"감 원로와 치 원로는 곧 형산으로 접어든다고 합니다. 한데… 누 원로와 진 원로는 아직 연락이 없습니다."

막량은 두 원로가 돌아오기로 한 시간을 하루나 넘겼음에도 연락이 없자 보고를 할 수밖에 없었다.

"아직?"

"일이 생긴 모양입니다."

"고작 그 정도 일도 처리 못하고… 이래서야 어디 대업을 이룰 수 있겠어? 안 그래, 막 원로?"

"무슨 일인지 알아보도록 사람을 보내겠습니다."

"됐어. 어디서 게으름이나 피우겠지. 원로들이라고는……. 그건 그렇고, 곧 손님이 올 테니 정중하게 모시도록 해."

"예? 손님이라니요?"

"막 원로가 누구라면 알아? 신경 쓸 일 아니니 사람들이나 물리게."

경천수라는 귀찮다는 듯 손을 내젓고는 자신의 임시 거처로 들어가 버렸다.

평소보다 무척 조급한 표정.

막량은 경천수라의 행동이 뭔가 이상했지만 더 건드려 봐야 좋을 게 없기에 사람들에게 지시를 내렸다.


그날 밤.

경천수라가 말한 손님이 찾아왔다.

"교주님을 뵈러 왔다."

건방을 얼굴 전체에 깔고 있는 청년 한 명과 신기한 눈으로 연신 주변을 살피는 청년 한 명.

"어디서 온 누군지 말해라."

막량은 일부러 삐딱하게 대했다.

겨우 이런 애송이들을 손님 대접하면서 아직 돌아오지 않은 두 원로를 찬밥 취급하는 것이 못마땅했던 것이다.

"오! 우리가 누구라면 알아보기라도 하려고? 킥킥. 백마신교의 정보력은 내가 잘 아는데 말이야."

건방진 얼굴의 청년, 진은 비웃음을 가득 담아 한껏 비꼬았다.

"대답하지 않으면 죽이겠다."

막량이 미간을 좁히며 살기를 드러내려 했다.

"그 실력으론 안 돼. 교주님이 아무런 언질도 안 해주었나? 그럼 내게 화풀이하지 말고 좀 더 신임을 얻으라고."

진은 픽 웃으며 막량을 지나치려 했다.

"신분을 밝히라고 했다."

"천마를 잡도록 도와줄 몸이시다. 됐나?"

"……!"

막량이 천마란 말이 나오자 움찔했다.

그때, 경천수라가 임시 거처에서 나왔다.

"막 원로, 손님을 내 거처로 모시라고 했잖은가."

경천수라는 막량을 질책하고는 직접 나와 진과 휴를 자신의 막사로 안내했다.

막사로 들어가기 직전 진이 뒤를 돌아보며 막량을 향해 입꼬리를 슬쩍 들어 올렸다.

교주로서의 권위를 스스로 무너뜨리는 경천수라의 모습이 다른 교도들에게 좋은 인상을 심어줬을 리는 없었다.

“모두 자리를 지켜라.”

경천수라의 행동은 누구보다 막량이 마음에 들지 않았으나 지금으로서는 지시에 따르는 것이 최선이었다.


“천마는 강하오. 십절 중 여덟을 혼자서 상대할 고수는 흔치 않소. 여기 휴라면 가능할지도 모르지.”

진이 용악에 대한 정보를 말하다 잠시 휴를 돌아봤다. 겉으로는 얌전해 보이지만 싸움이 시작되면 어떻게 변하는지 누구보다 잘 아는 진이었다.

“진, 너무 금칠하지 말라고. 안 그래도 네 명령이면 당장 뛰어들 테니까.”

휴는 하얀 치아를 드러내며 씽긋이 웃었다.

“십절이 누군지 모르나 천마가 상대할 수 있다면 나 또한 할 수 있다.”

경천수라는 진과 휴의 대화에서 자신이 빠져 있자 언짢은 목소리를 냈다.

“물론 교주님이 환단을 복용한다면 가능하오.”

“환단?”

휴가 의아한 눈으로 물었다.

“교주께서 익히고 있는 무공이 있는데 그것을 도와주는 환단이다.”

“……”

휴는 표정 변화가 거의 없었으나 눈이 깊어졌다.

“지금까지 그의 행보를 미루어보면 곧장 이곳으로 올 것이오, 교주.”

“이곳을 어찌 알고 온다는 말인가?”

“말했듯이 그의 행보를 미루어본 것이오. 여의단이 쫙 깔려 있는 십인회 총단을 단신으로 뚫고 들어간 자요. 충분히 가능하오.”

“우린 십인회란 떨거지들과 다르다.”

경천수라는 자신만만하게 말했다.

‘이런 자를 두고 우물 안 개구리라고 하지.’

진은 경천수라의 확신에 찬 표정을 보며 속으로 웃었다. 하나 어차피 한 배를 탄 입장에서 굳이 비하하거나 사기를 꺾는 말은 삼가는 것이 좋았다.

“교주께서 시작하시면 우리도 합류하겠소.”

“우리?”

“대인께서 우리 둘로는 못 미더우셨던지 천급 좌위 여섯을 딸려 보내셨습니다.”

“그렇군.”

경천수라는 진이 말하는 천급 좌위의 무공이 어느 정도인지 모르면서 고개만 끄덕였다.

“우린 동굴 중 한곳에 지내도록 하겠소.”

“이곳에서 함께 있겠다는 건가?”

“당연히 그래야하지 않겠소? 놈이 언제 올지 모르는데…….”

“알겠네.”

경천수라의 허락이 떨어지고 진과 휴는 막사 밖으로 나왔
다. 그리고는 동굴 중 가장 우측에 있는 곳을 살핀 후 천급 좌
위 여섯을 불러들여 자리를 잡았다.

"두 명씩 교대로 바깥 상황을 알아보도록."

"그자 혼자 온다고 확신하십니까, 진 좌위?"

급은 같은 천급 좌위지만 진과 휴는 특별난 취급을 받았다.

"기 좌위, 겁나면 지원을 하지 말지."

"그게 아니라, 만약이라도 혈교의 무리까지 가세한다
면……."

"나는 내 직감을 믿네. 그는 혼자 올 거야. 그런 자는 누굴
데리고 움직이는 것에 익숙하지 않거든."

진이 휴를 돌아보며 말했다.

휴는 진이 무슨 의도로 말을 하는지 잘 알고 있었다.

"후후후. 나와 비슷한 종류의 인간인 모양이군. 싸울 때는
오로지 목표를 죽일 생각만 해야 돼."

"들었나? 그자도 휴 못지않은 미친놈일 것이다."

"파하! 미친놈? 파하하! 그렇지. 나는 미친놈이지."

휴는 뭐가 그리 우스운지 진이 더 이상 말을 하지 못할 정도
로 크게 웃어젖혔다.


*          *          *


"잠시 멈추세요."

마차에 타고 있던 려군이 목을 빼며 하늘을 올려다보더니 공투를 불러 세웠다.

"여기서 멈추며 안 되오. 한나절만 부지런히 가면 장사가 나오니 거기서……."

"거기까지 갈 필요 없어요. 아래쪽, 남쪽으로 내려가세요."

"무슨 근거로……."

공투가 뭐라고 반박을 하려 했으나 려군은 이미 마차 안으로 들어간 후였다. 더구나 려군의 말이 떨어지기가 무섭게 묵환은 말고삐를 틀고 있었다.

천마구로 역시 려군의 말에 따랐다.

"우린 장사로 갑니다. 사림이종과 거기서 만나기로 했으니 그쪽으로 가야 하오."

"어차피 가는 길에 사림이종? 그분들과 만나게 될 거예요."

"신녀가 안 계신 곳에서 신녀 역할이라도 하려는 건가? 당신은 백마신교의 신녀였지, 혈교의 신녀가 아니야!"

공투는 려군에게 버럭 소리를 지르고는 장사 쪽으로 향하려 했다.

"그쪽이 아니오, 시마."

"……!"

천마구로 중 십로였다.

"신녀께서 결정을 내려야 할 때는 려군의 말을 따르라 이르셨소. 이쪽이오."

"시, 신녀께서……."

“이런 일이 있을 줄 알았던 모양이지.”

십로가 또다시 말을 잇고는 모른 척 마차의 뒤를 쫓아갔다.

공투는 마음에 들지 않았으나 다들 려군의 말을 믿으니 어쩔 수가 없었다.

“시마께선 강호 경험이 많지 않으시죠?”

마차 안에서 려군이 말을 붙여왔다.

공투는 모른 척 앞만 보고 움직였다.

“저는 더 경험이 없을 거예요. 한데 백마신교의 백 명이나 되는 사람들이 왜 제게 교의 길을 맡겼는지 저도 모르겠어요. 아마도 조금 전과 같은 느낌 때문이지 않을까 싶어요.”

‘조금 전의 느낌?’

“장사 쪽으로 가선 안 된다는 느낌이라고 해야겠죠?”

“어차피 결정 내린 일이오. 결정한 일에 대해선 잘잘못 따위는 따지지 않소.”

“잘잘못이요? 무조건 제가 잘한 거예요.”

꿈틀.

공투의 이마에 힘줄이 돋았다.

“묵 사도, 앞에 보이는 나무를 부러뜨려요.”

려군이 갑자기 앞을 가로막고 있는 나무를 가리켰다.

“무슨 짓이오? 그러다……”

“그러다? 백마신교 사람들이 있었으면 제가 모를 리가 없죠.”

려군의 말이 끝나는 순간 움직인 묵환이 어느새 나무 밑동을 거의 다 쳐냈다.

그그그그—!

나무가 부러지며 굉음과 함께 쓰러졌다.

"잠시 여기서 기다려요. 소리를 들었으니 이쪽으로 올 거예
요."

'화급을 다투는 이때 저런 짓을 하다니.'

공투는 려군의 확신에 찬 말을 속으로 비웃었다. 점쟁이라
도 려군처럼 하지는 못할 것이다.

"시마, 여기 계셨습니까?"

"……!"

공투는 들려온 목소리에 화들짝 놀라 눈을 동그랗게 떴다.

려군의 예언대로 정말 사림이종이 나타난 것이다.


형산의 산세는 겉으로 보면 금방 정상까지 오를 수 있을 것
같지만, 막상 오르면 그 안에는 몇 굽이나 휘어졌는지 끝이 보
이지 않는다고 했다.

"그러셨군요. 전 또 약속만 생각하고……."

공투는 형산으로 향하면서 자꾸만 뒤쪽 마차를 흘깃거렸다.

"안 그래도 어찌해야 하나 몰라서 일단 장사로 향하던 길이
었습니다."

"모두 저… 분의 혜안이었소."

공투는 헛기침과 함께 마차를 가리켰다.

"누구……."

"백마신교의 신녀였던 분이오."

“백마신교!”

“지금은 아닐 것이오. 그들에게 쫓기다 주군의 도움을 받았으니.”

“그래도⋯⋯.”

사림이종의 목소리가 컸는지 마차 창문이 열리는 소리가 났다.

“시마께서 잘못 말씀해 주셨어요. 백마신교의 신녀에서 평범한 여인으로 돌아온 려군이랍니다.”

려군은 창문으로 내민 얼굴에 활짝 미소를 담았다.

보는 이로 하여금 황홀하게 만드는 미모에 미소까지 담기자 사림이종은 자신들도 모르게 슬그머니 고개를 돌렸다.

“험. 험. 그렇게 평범해 보이진 않는구려.”

목노가 입맛을 다시며 앞장섰다.

뒤쪽에서 려군의 웃음소리가 들렸다.

다시 멈춰 선 것은 반 시진가량 올라갔을 때다.

려군이 마차에서 내려 주위를 둘러보다 자리에 가부좌를 틀고 앉았다.

굽이진 산세는 험하게 느껴지지 않았고, 사방을 둘러싼 성스러운 기운은 려군의 정신을 맑게 해주었다.

려군은 눈을 감았다.

휘이이이—

바람이 불었고, 사람들의 옷자락을 건드렸다.

그 바람에 려군의 눈을 담아 보냈다. 위쪽으로, 더 위쪽으로.

한참을 가부좌를 튼 상태로 앉아 있던 려군이 마침내 눈을 떴다.

"다 왔어요."

눈을 뜬 려군은 오른쪽 꽉 막힌 절벽 위쪽을 바라봤다.

"예전에 신녀의 신기를 볼 때와 또 다르군."

목노가 뚱노에게 말했다.

뚱노는 무표정하게 고개만 끄덕였다.

"먼저 가서 주군께서 계신지 확인하고 오겠습니다."

공투가 심각한 표정으로 훌쩍 신형을 날렸다.

다른 사람들이 붙잡고 어찌할 새도 없이 일어난 일이었다.

"내 말을 저렇게 믿을 거면 끝까지 듣지. 천마께선 아직 오시지 않으셨는데……. 어쩔 수 없네요. 묵 사도, 우리도 가요."

"괜찮으십니까, 신녀님?"

"아직도 신녀라고 부르나요?"

"제겐… 그렇습니다."

"아직은 괜찮아요. 아직은……."

려군의 눈이 깊어졌다.

곧 일어날 일에 대한 죄책감이라고 해야 할 것이다.

백마신교의 신녀로서 백마신교를 없애야 하는.

려군의 눈이 공투가 사라진 방향 주위를 둘러보다가 마차에 올라탔다.

려군이 완전히 마차에 올라탔을 때, 절벽 위쪽 수풀이 살짝 흔들렸다.

"교주님, 신녀가 돌아왔습니다!"

려군 등을 지켜보던 백마신교도가 외쳤다.

"신녀가?"

경천수라는 임시 거처에서 나오며 입가를 매만졌다.

주위에는 삽시간에 백마들이 모여들었다.

"천마를 데려왔구나. 앙큼한 계집, 잘도 우리를 팔아먹었어. 호호호."

'목소리가 달라졌다. 그때처럼……'

막량은 경천수라의 모습을 언제인가 본 기억이 났다. 전대 교주를 죽이기 전에 살기 가득하던 때와 똑같았다. 그때는 교주를 죽였다는 것 때문에 그랬다고 여겼지만 오늘 보니 뭔가 상태가 이상했다.

"신녀를 맞아주어라."

쉭— 쉭—

공투는 용악이 도착하지 않은 것을 확인하고 려군 등에게 돌아가는 길이었다.

뒤쪽에서 빠르게 다가오는 살기가 느껴져 돌아봤다.

쾅!

"……!"

부지불식간에 혈강시를 불러내 막았다.

눈에 보이는 인원은 모두 다섯.

혈강시 열 구가 한 명당 둘씩 붙었다.

백마 중 다섯의 합공은 혈강시의 몸을 뚫지 못했다.

"강시!"

백마들이 물러나며 혈강시를 노려봤다. 이미 시작된 공격을 멈추기엔 늦은 것이다.

공투는 백마 다섯이 어떤 형태의 공격을 펼치든 막을 준비를 갖춘 상태였다.

한 명당 혈강시 두 구라면 막아낼 수 있었다.

그 뒤에 완전히 달라진 묵지혈환을 펼치면 필승이라 생각했다.

쾅!

혈강시와 부딪친 백마 한 명이 뒤로 날아갔다.

혈강시에게 허초와 실초를 섞는 어리석은 짓을 한 결과였다.

공투는 곧장 혈강시를 다른 백마를 공격하는 데 투입시켰다. 균형은 순식간에 깨지며 나머지 백마 넷 역시 제압되기 일보 직전까지 갔다.

"여기도 있다."

'기척도 없이!'

공투는 천마구로가 나서고 나서야 지켜보고 있었음을 깨달았다.

콰창!

십로의 검이 백마 중 한 명의 무기와 몸을 갈라 버리는 모습이 들어왔다.

"……!"

가히 절정에 이른 모습이라 하지 않을 수 없었다.

평생 천마삼검만을 익힌 그들에게 군더더기란 존재하지 않았다.

팟!

십일로의 짧고 강렬한 소리가 지나면서 백마 중 또 한 명이 힘없이 고꾸라졌다.

공투와 천마구로.

그중 셋이 나섰을 뿐인데 백마는 제대로 손조차 쓸 수 없었다.

'이런 분들과 부딪쳤다니……'

공투는 천마구로의 무위를 보고나서야 파천마궁이 어째서 황보세가에 패했는지 알 것 같았다.

그때는 겨우 넷만 있었다고 했다. 하나 넷이면 파천마궁을 상대하는 데 차고도 넘쳤을 것이다.

천마사로의 일 검을 받아낼 고수는 조빈이 유일했을지도 몰랐다.

쾅!

"……!"

공투는 갑작스런 굉음에 재빨리 뒤를 돌아봤다.

혈강시 두 구가 뒤로 튕겨졌다. 그 사이로 분노한 인영의 모습이 드러났다. 이전에 덤볐던 백마 중엔 없는 자였다.

"혈교의 주구, 죽어라!"

허공에서 부리부리한 눈을 치뜬 채 주먹을 마구 뻗어내는 노인이 보였다.

저런 형태의 무공이라면 공투도 가지고 있었다.

암흑대멸겁.

검은 기운이 공투의 양손에 몰렸다가 흩어지며 노인의 권에 맞서갔다.

콰콰콰!

권영과 장영이 쉴 새 없이 부딪쳤다.

공투는 손으로 전해지는 감각을 가늠해 보았다.

"크핫!"

노인은 목소리와 내공이 비례한다고 생각하는지 더욱 큰 소리를 내며 공격해 왔다.

공투는 민활하게 몸을 비틀며 노인의 권을 막았다.

"어린놈이 내공 하나는 끝내주는구나! 더 간다!"

'내공? 그러고 보니 내가 저 노인의 공격을 아무렇지도 않게 막아내고 있다.'

전혀 생각해 보지 않은 문제였다.

용악에게 도움을 받은 것 외엔 특별히 수련을 거친 적도 없었다. 하나 몸속의 기운을 어떻게 통제해야 할지 그냥 알 것 같았다.

쾅!

욱신.

공투는 노인의 권을 막아내며 뒤로 물러섰다. 그 자리를 혈강시 두 구가 막아섰다.

그때, 등 뒤에서 밀려들어 오는 진기.

공투는 기이한 느낌에 고개를 돌렸다.

혈강시 여덟 구가 공투의 뒤에 있었다.

"아!"

소진한 내공을 혈강시들이 채워주고 있었다. 아니, 공투가 무의식중에 혈강시들로부터 힘을 빨아들이고 있다는 것이 정확했다.

'어떻게?'

공투의 고민은 노인의 공격이 이어져서 자연스럽게 멈추게 됐다.

쾅!

"이런 지랄 맞은! 난화권을 너처럼 어린놈이 어떻게 막느냔 말이다!"

노인은 공투의 무공을 인정할 수 없다는 듯이 더욱 과격하고 어지럽게 권을 뿌려댔다.

난화권은 권 하나하나에 힘을 싣는 것이 아니었다. 공격과 방어를 동시에 할 수 있으며 공격이 이어질수록 상대를 꼼짝 못하게 만드는 기이한 힘을 지닌 무공이었다.

그러나 혈강시로 인해 공투를 얽을 수가 없으니 난화권 개개의 위력은 현저히 떨어지고 그만큼 진기의 소모가 커진 것이다.

공투는 노인의 신경질을 들으며 웃었다.

단순히 혈강시를 상대의 공격을 막는 데 사용했던 것이 후회되는 순간이었다.

퍼퍼펑!

노인의 난화권이 허공에서 터졌다.

혈강시의 몸은 웬만한 호신강기보다 강하다. 힘 빠진 노인의 난화권으론 물러나게 만드는 것 외엔 할 수 있는 것이 없었다.

"나는 혈교의 십대마인 중 시마다."

낮고 차분한 목소리가 노인을 향했다.

노인은 '그런데' 라는 눈으로 쳐다봤고, 공투는 그런 노인을 향해 암흑대멸겁을 펼쳤다.

"……!"

노인은 깜짝 놀라 눈이 휘둥그레졌다.

조금 전에 공투가 펼쳤던 암흑대멸겁이 아니었다.

거대한 기운이 노인을 향해 몰아닥쳤다.

"이, 이런……!"

노인은 말도 안 된다고 하고 싶었다.

백마신교에서 가장 강한 무공 중 하나인 난화권을 익힌 노인으로서는 지금의 상황을 믿을 수가 없었다.

거대한 해일이 한꺼번에 덮친다고 해야 할까?

용악 혼자가 아닌 혈강시 열 구의 합공.

"강시가 무슨 무공을……."

노인은 전력을 다한 난화권을 펼치면서도 결과가 어떻게 될지 예측할 수 있었다.

퍼퍼퍽!

검은 장력에 닿은 노인의 신체들이 터져 나갔다.

"후우……."

공투는 숨을 깊게 내쉬었다.

떨림이 멈추지 않았다.

펼친 것은 파천마궁의 팔대마공이었으나 그 안을 채운 것은 용악에게 받은 진기의 흐름과 혈강시의 기운이었다.

깨달음은 한순간에 공투의 전신을 휩쓸고 지나갔다.

진정한 십대마인으로 탄생하는 순간이었다.

"오라!"

공투의 포효가 장내를 크게 떨쳐 올렸다.


"신녀, 다시 돌아온 거요?"

막량이 신녀에게 다가왔다.

경천수라를 제외한 모든 백마가 공투와 천마구로를 상대하느라 투입된 상태였다.

말 한마디 했을 뿐인데 막량의 분위기가 완전히 달라졌다. 전신에 한기와는 다른 서늘함이 흘렀다.

그것은 일종의 귀기였다.

"환혼대법……."

신녀는 한눈에 막량이 자신의 몸에 펼친 것이 무엇인지 알아봤다.

"역시 신녀요. 하나 알아보는 것과 상대할 수 있다는 것과는 다르지."

억양도, 감정도 실리지 않은 음성이 막량에게서 흘러나왔다.

"그 대법은 언제 펼쳐야 하는지 알고 있나요, 막 원로?"

"내가 필요할 땐 언제든."

"환혼대법은 혼을 빌리는 대법이에요. 일명마지를 익힌 분께서 뭐가 모자라 그런 것의 힘을 빌리세요?"

려군은 겁을 먹기보다 딱한 표정을 지었다.

막량이 익힌 일명마지를 견디기 위해 익힌 것이리라. 인간의 육체로는 견디기 힘들다는 일명마지를 사용하기 위해.

"그런 말은 필요 없다. 백마신교를 떠났으면서 아직도 신녀 행세를 하려는 건가?"

"환혼대법으로도 일명마지는 고작 다섯 번이 한계예요. 그래서 교주님께서……."

"현재 교주님은 경천수라님이시다."

쿵!

막량이 한 발 앞으로 움직인 순간, 그의 발끝을 향해 주먹이 떨어졌다.

"신녀는 누구도 건들지 못한다."

묵환이 태묵신을 펼친 채 앞으로 나섰다.

"쿡. 신녀에게 빠진 게냐, 묵 사도?"

"내 임무다."

"임무다? 너도 교를 버린 거냐?"

"교… 그런 게 어디 있기나 했었나? 모시던 교주를 죽이는 자나, 그런 자를 따르는 자나. 내겐 이미 신녀만이 유일한 교다."

묵환의 나직하고 통렬한 말이 막량의 가슴을 후벼 팠다.

"묵 사도, 손을."

팽팽하게 대치하고 있는 상황에서 려군은 묵환에게 다가가 손을 잡았다. 순간, 려군의 몸에 빛이 일렁인다 싶더니 그 빛이 묵환을 감쌌다.

"저자가 쓰고 있는 귀기보다는 나아요."

'이 느낌은 그때와 비슷하다.'

묵환은 일전에 사도들과 싸울 때의 이상한 기분, 무언가 몸을 감싸고 있는 느낌을 다시 갖게 됐다. 불끈 힘이 솟았다.

쉬쉭.

막량의 손으로부터 무언가 쏘아져 나갔다.

묵환은 양 손바닥으로 그것들을 막았다.

팡! 팡!

연속해서 두 번의 굉음이 터진 후, 묵환의 모습이 드러났다. 양손을 세워 가슴과 얼굴을 보호하는 자세로 서 있었다.

"멀쩡해?"

막량은 묵환과 자신의 손을 번갈아 쳐다봤다.

"그 정도로는 신녀의 은혜를 입은 나의 태묵신을 깨뜨리지 못한다."

묵환은 자신감을 얻고 활짝 웃었다.

백마신교를 떠난 이후 처음 지어본 웃음이었다.

그러나 뒤에서 싸움을 지켜보던 려군의 눈은 우울해졌다.

'모든 건 정해진 대로 가는 거겠지. 묵 사도는 잘해야 한 번이나 두 번 막을 수 있을 뿐이다. 그 이후는… 묵 사도도, 막 원로도 죽을 수밖에……'

려군의 눈은 촉촉이 젖어들었다.

쾅!

또다시 폭음이 터졌다. 려군은 질끈 눈을 감았다. 더 이상 볼 수가 없는 것이다.

"이놈!"

"오시오!"

막량과 묵환의 외침이 터졌다.

'이제 마지막……'

콰쾅!

연속해서 두 번의 굉음이 터졌다.

려군은 차마 눈을 뜰 수가 없었다.

"왜 다들 이곳에 와 있는 거야?"

"……!"

갑자기 들려온 목소리에 려군은 실눈을 떴다.

묵환이 입가에 실낱같은 피를 흘리고 있었고, 막량이 손을 부여잡은 채 놀란 눈으로 목소리의 주인을 쳐다보고 있었다.

"처, 천마를 뵙습니다."

려군은 자신도 모르게 한쪽 무릎을 꿇었다.

그래야 한다는 생각에서 취한 행동이 아니었다. 저절로 그렇게 됐다.

"여기에 숨어들 있었군. 한참 찾았다니까."

용악은 신녀의 어깨를 두드려 주고는 앞으로 나섰다.

강렬한 외모를 지닌 것도 아니고, 대단한 신위를 드러낸 것도 아닌데 신녀 주위를 노리고 있던 백마들이 뒤로 물러섰다.

"시마, 천마구로."

용악이 조용히 공투와 천마구로를 불렀다.

그러자 싸움이 멈췄다.

"천마를 뵙습니다!"

공투와 천마구로는 용악을 호위하듯이 에워싸며 무릎을 꿇었다. 절도와 충성이 극에 이른 행동이었다.

지켜보던 백마들은 자신들도 모르게 주눅이 들어 뒤로 물러섰다.

'젊다. 이런 자가 천마라니……'

막량은 조금 전 자신에게 일어난 일을 떠올렸다. 묵환의 심장에 일명마지가 꽂히려는 찰나, 손가락이 부러지는 충격과 함께 뒤로 튕겨 나갔다.

와드득.

막량은 부러진 손가락을 억지로 펴며 경천수라의 곁으로 몸을 날렸다.

"세 사람은 이들 둘을 지키고, 나머진 이곳을 쓸어버린다."

용악은 짧게 명령을 내리고는 아까부터 노려보고 있는 경천수라를 향해 성큼성큼 움직였다.

第十章
네놈 뒤엔 누가 있지?

천산마제

경천수라와 원로들은 용악이 다가올 때까지 기다렸다가 입을 열었다.

"네가 천마냐?"

용악은 미미하게 고개를 끄덕여 주었다.

경천수라의 붉은 눈이 용악의 전신을 쭉 훑었으나 오히려 용악은 웃었다.

"전부 모여 있었구나."

"……!"

막량은 용악의 한마디에 소름이 돋았다.

다른 사람들은 전혀 느끼지 못하는 것 같았으나, 용악과 부딪쳐 본 막량은 자신도 모르게 마른침을 삼켜야 했다.

어쩌면 사냥하는 쪽은 백마신교가 아니라 용악일지도 모른다는 생각이 든 것이다.

"네 소문은 많이 들었다. 십인회란 곳을 없앴다고? 어차피한 번은 봐야 했다. 천마와 혈교를 없애지 않고 사파일통이란무의미하니까."

경천수라는 마치 언제든 손만 뻗으면 용악을 죽일 수 있다는 듯 여유로웠다. 그만큼 혈수라에 대한 신뢰가 컸다.

"없애? 겨우 이 인원으로?"

용악은 십동 주위를 빙 둘러보며 말했다.

경천수라를 비롯한 백마신교도들의 안색이 일제히 변했다.

이 인원?

절정고수만 무려 오십여 명이었고, 경천수라를 비롯한 원로들은 그 이상의 고수들이었다.

"천마라면 그 정도 배포는 지녀야지."

경천수라는 혈광을 흘리며 웃었다.

"제가 먼저 하겠습니다."

나선 자는 흑미륵신공을 익힌 안만기란 자로, 그의 흑미륵신공은 일명마지, 만화권과 더불어 혈수라를 상대할 수 있는무공 중 하나였다.

추우욱!

안만기는 대뜸 용악을 향해 손을 뻗었다.

앙상한 그의 팔은 어느새 검게 변해 있었고, 용악에게 닿을때쯤엔 전신이 검게 물들었다.

쾅!

용악의 몸에서 거친 폭음이 터졌다.

그것을 시작으로 경천수라와 원로들은 한 걸음 뒤로 물러섰고, 십동을 에워싸고 있던 백마신교도들이 일제히 덤벼들었다.

"죽어라!"

"이제 사파는 우리의 것이다!"

백마신교도들은 고함에 환호를 섞어 미친 듯이 달려들었다.

용악은 그들이 덮치도록 내버려 두었다.

"그만!"

뭔가 이상함을 느꼈던가?

막량이 훌쩍 날아올라 덮치려는 교도들을 이리저리 던져 버렸다.

"……?"

땅에 내려선 교도들이 이상한 눈으로 막량을 쳐다봤다.

웅웅—

기이한 음향이 용악을 덮은 곳에서 들려왔다.

막량의 눈에 용악을 덮친 교도 중 한 명의 고통스러운 얼굴이 들어왔다.

"피해라!"

콰콰쾅!

용악을 덮쳤던 십여 명의 신형이 사방으로 날아갔다. 교도들은 바닥에 떨어지기가 무섭게 일어나 자세를 잡았으나, 피를 토하거나 비틀거렸다.

반탄력으로 절정고수 십여 명을 날려 버린 것이다.

막량은 용악을 돌아봤다.

용악은 제자리에 선 채 꼼짝도 하지 않았다.

"으윽!"

가장 먼저 용악을 공격했던 안만기가 재빨리 팔을 잘라내는 모습이 막량의 눈에 들어왔다.

"안 원로! 팔은 어떻게 된 것이오?"

"저, 저놈 몸에 닿자마자 내 손이 제멋대로… 으윽!"

안만기는 고통으로 인상을 찡그렸다.

막량은 그 고통을 잘 알기에 절로 인상을 썼다.

용악이 움직인 것은 그때였다.

공격했던 자들을 이화유능제로 묶은 뒤 천마벽으로 튕겨냈다. 그 정도면 제대로 서 있는 자가 없어야 정상인데 의외로 다들 잘 버티고 있었다.

"천마에게 덤빈 것이 얼마나 어리석은 일인지 지금부터 똑똑히 알려주마."

용악의 전신에서 마기가 흘러나왔다.

마기에 접한 백마들은 자신들의 의지와는 무관하게 물러서야 했다.

그때, 용악을 향해 무서운 기운이 날아갔다.

용악이 고개를 돌렸을 때, 반대쪽에서 또 다른 형태의 예기가 번쩍였다.

'유리붕권, 운외반간!'

용악은 두 기운을 단번에 파악하고 곧장 기운을 퍼뜨렸다.

파— 항—!

먼지와 함께 퍼져 나간 기운이 기습적인 공격과 부딪쳤다.

쿠콰!

용악의 눈이 빠르게 공격한 자를 찾아 돌려졌다.

에워싼 백마들 사이로 숨는 자들.

용악은 그들을 놓치지 않았다.

"천마! 우리가 누군지 알아차렸느냐?"

용악의 움직임을 절묘하게 끊어놓은 목소리였다.

용악의 시선이 위쪽으로 올라갔다.

경천수라와 원로들의 옆쪽, 동굴 가장 마지막에 두 명의 청
년이 서 있었다.

진과 휴였다.

"너희들이었나?"

"아마도 맞을 걸?"

"백마신교를 뒤에서 조종한 십천좌의 주구들."

"……!"

진은 용악의 입에서 전혀 예상치 못한 말이 나오자 깜짝 놀
란 눈이 됐다. 십천좌를 입에 담는 사람을 처음 봤기 때문이다.

"진, 너는 저자의 무공이 저렇게 살벌하다는 것도 알았나?"

휴는 진처럼 놀란 기색이 없었다.

"몰랐다."

"그렇겠지. 알았으면 둘이서 오자고 했을 리 없지."

휴는 심드렁해진 목소리로 머리를 긁었다.

용악이 조금 전에 보인 빠른 반응만으로도 질리기에 충분하기 때문이다.

"자신없나, 휴?"

"나 혼자? 당연히 자신없지."

"네겐 광기가 있잖느냐."

"그게 아무나 통할 거였으면 대인께서 나를 가뒀겠냐? 벌써 탈출하고 말았지."

'천마를 지심대인과 같은 급으로 여긴다고?

진은 휴의 짐승 같은 감각을 잘 알고 있었다.

실없는 소리를 할 휴가 아니었다.

"딱 봐도 엄청나구만. 기회를 봐야겠다."

휴는 낮게 숨을 내쉬고는 데려온 천급 좌위들을 손짓으로 불렀다.

"너희들은 무슨 수를 쓰든 한 번만 천마의 손을 봉쇄해. 그 다음은 나와 진이 알아서 할 테니."

네 명의 천급 좌위가 진을 돌아봤다.

"휴 말대로 해라."

"일일이 허락받을 상황이 아니잖아."

휴가 짜증스런 표정으로 천급 좌위들을 쳐다봤다가 이내 동굴 벽에 등을 기댔다.

"대인께서 너를 곁에 두었다면 반대 상황이 됐겠지."

진이 엉뚱한 말을 꺼냈다.

"내가 대인의 곁에? 큭큭. 그럴 일은 없다."

"왜 그렇게 반골인 거냐, 휴?"

"반골? 큭큭. 네가 그따위 말을 하니 우습기 짝이 없구나."

"그만두자."

"대인께서 너를 무척 아끼는구나, 진?"

"……."

"하긴, 죽을 자리 보고 내보냈는데도 냅다 달려가는 데에야 할 말 없지."

"닥쳐."

"천지인급 좌위들만 잘 활용해도 강호를 쓸어버리는 건 어렵지 않지 않나? 한데 대인께선 항상 숨어서 뭔가를 꾸미고, 데리고 있는 팔다리를 잘라 버리셨지. 이상하지 않나?"

"닥치라고 했다."

"내가 살아난 건 의외였을 거야. 하도 말을 안 들어 처먹어서 죽으라고 보냈는데 살아서 돌아왔거든. 이번 참에 확실히 죽으라고 보낸 거구만, 딱 보니."

"……!"

"너도 눈이 있잖아. 저 천마란 놈… 강해. 우리 둘이 덤벼도……."

'어쩌면…….'

진 역시 휴의 말에 공감했다.

백마신교를 움직여 천마를 노리고, 그 뒤를 진과 휴보고 치라고 했다. 명령을 받을 때만 해도 진은 자신이 있었다. 공을 세워 더 강한 무공을 익히고 싶었다.

그러나 휴의 말을 듣자 맥이 풀렸다.

일리가 있다는 생각이 든 것이다.

인정하고 싶지 않지만 오늘 싸움은 잘해야 동패구사였다. 과연 천마가 죽어줄지는 미지수이지만.

"너도 강하다, 휴. 그리고 나도 강하다."

"큭큭. 싸우기도 전에 꺾였군."

"언제까지 그렇게 이죽거릴 거냐!"

"난 진실을 말한 거야. 아무튼 가보자."

휴가 허리에 양손을 대고 고개를 한껏 뒤로 젖혔다.

그때, 휴의 눈에 들어온 사람이 있었다.

십동 위쪽에 앉아 휴와 진을 원숭이 구경하듯이 바라보고 있는 자였다.

"진… 더 올 사람 있냐?"

"없다."

"그럼 저 노인은 뭐냐?"

"뭐?"

진이 휴의 시선을 따라 돌아봤다.

반백의 머리만 보면 노인이 분명한데 얼굴은 중년인인지 노인인지 구별하기 힘들 정도로 젊어 보이는, 사마중경이었다.

"저놈하고는 안 싸우는 게 좋아. 저놈, 예전 혈마보다 더 강하더라. 그러지 말고 너희들은 나랑 좀 노는 게 어떻겠느냐?"

사마중경은 활짝 웃었다.

"오늘은 정말 신기한 날이군."

휴는 혀로 입술을 적시고는 사마중경을 올려다봤다.

"이봐, 멀쑥하게 생긴 놈. 너도 같이 와야지. 이놈 혼자는 너무 싱겁잖아."

"……!"

진은 사마중경과 용악을 번갈아 쳐다봤다.

용악과 백마들의 싸움은 치열해져 가고 있었다.

'천마 못지않은… 아니, 그 이상으로 강한 자다. 대인에게서 느껴지던 넘을 수 없는 벽이 이자에게도 있다.'

진은 굳이 알려고 하지 않았으나 본능이란 놈이 몸으로 알려주고 있었다.

"갈 거냐?"

휴에게 던진 질문이었다.

"네가 보기엔 저 노인이 기다려 줄 것 같냐?"

"아니."

"그럼 결정 났네."

휴는 대수롭지 않게 말을 하고는 훌쩍 신형을 띄웠다. 그 뒤를 진이 따라붙었다.


'사라졌다!'

용악은 달려드는 백마신교의 원로 중 셋을 물리치고 진과 휴가 서 있던 곳을 봤다가 인상을 찌푸렸다.

이상하게도 도망쳤다는 생각은 들지 않았다.

도망칠 생각이었다면 애초에 용악이 나타났을 때 몸을 감추었을 것이다.

일단은 눈앞의 적들부터 처리해야 했다.

백마신교 원로 셋의 합공은 물리치는 것이 쉽지 않았다. 중간 중간 튀어나오는 천급 좌위들의 방해 때문이다.

지금도 그랬다.

원로들이 합공을 펼친 직후, 용악이 움직이는 순간 유리붕권, 운외반간, 정구도의 폭풍이 일었다. 잠깐 뜸을 들이다 귀영린이 쏟아졌다.

원로들은 십절에 비해 다소 실력이 떨어지지만, 나머지 넷은 십절 못지않은 실력들을 갖추고 있었다.

용악의 손이 기이한 각도로 뻗어나가며 먼저 원로들을 밀어냈다.

콰콰콰!

천마십이수를 변형시킨 공격인데 두어 번 사용하니 제법 손에 익숙해졌다.

격돌하는 동시에 몸을 뒤로 뺐다가 폭풍처럼 이어지는 십천좌 중 넷의 무공을 천마벽과 천마등등공으로 막고 피했다.

그러나 아무리 빠르게 움직인다고 해도 기감에 의존할 수밖에 없었다. 용악의 퇴로를 지키고 있던 자의 주먹이 등에 꽂혔다.

쾅!

용악은 등을 맞는 동시에 돌아서서 손을 휘저었다.

멀리서 용악이 싸우는 광경을 지켜보던 공투와 천마육로의 속은 타들어갔다. 특히, 려군과 묵환을 지키는 천마삼로는 더욱 그랬다.

그때, 려군이 천마삼로를 지나쳐 용악에게 다가갔다.

턱.

"물러서라, 려군."

"어떻게 이화유능제로부터 자유로울 수 있었느냐고 물으셨지요? 그 해답입니다."

려군이 용악의 어깨에 댔던 손을 쓸어내리며 손을 잡았다. 그녀의 행동은 지켜보던 원로들의 살심을 더욱 크게 일으키고 말았다.

"이것이냐?"

용악은 원로들과 숨어 있는 천급 좌위들을 쓸어보며 물었다.

"제가 가진 미천한 능력입니다."

"…알았다."

"……."

"마치 보의를 입은 것 같다."

용악은 려군에게서 떨어졌다.

묵환에게 전해주었던 힘이다.

려군은 용악이 멀어지자 뒤돌아서 천마삼로의 뒤로 돌아왔다.

비틀.

“시, 신…….”

“쉿.”

“…….”

“이제 묵 사도에게 부탁할게요. 좀 쉬어야겠어요.”

려군의 목소리는 크게 지쳐 있었다.

기력이 크게 쇄한 목소리였다.

“경천수라는 지금 온전한 상태가 아니에요. 생각을 읽을 수가 없어요.”

“그게 무슨 말씀이십니까?”

“오늘로 백마신교의 맥은 끊어져요. 다른 사도들을 찾으세요. 찾아서… 천마께 예속되세요.”

“안 됩니다.”

“천마를 보세요. 저분은 작은 분이 아니세요. 사파를 지배하려는 것이 아니라… 사파를 하나로 만들려는 것뿐… 저와는 비교도 안 되는 혜안을 지니신 신녀께서 모시는 분이세요. 저를 이곳에 보낸 것도 백마신교를 살리려는 제 마음을… 아시고… 묵 사도… 찾…….”

려군은 끝내 주저앉고 말았다.


용악은 려군이 전해준 힘을 거부하지 않았다. 아니, 거부할 수 없었다. 이미 용악의 전신을 감싸고 있었기 때문이다.

슥.

‘움직인다.’

용악은 보지 않았음에도 좌측에서 준비하고 있던 원로 한 명이 움직인 것을 느꼈다.

느낌은 곧장 움직임으로 이어졌다.

"헉!"

놀란 원로의 목소리.

용악은 원로의 가슴을 향해 손을 뻗었다가 떼어냈을 뿐이다. 하나 그것만으로도 원로에겐 치명적인 공격이 가해졌다.

쩍!

어딘가에 눌렸다가 떨어지는 소리가 원로의 몸에서 났다. 그리고는 그대로 얼굴부터 바닥에 쓰러졌다.

"놈!"

격분한 두 원로가 달려들었고, 역시나 천급 좌위들의 암습이 가해졌다.

훌쩍.

용악은 두 원로의 공격을 피해 허공으로 떠올랐고, 얼핏 천급 좌위들의 웃음을 본 것 같았다.

콰우아ー!

내기를 유형화시킬 때는 무기에 따라, 그 사람의 무공에 따라 형태가 바뀌기 마련이다.

용악은 땅을 끌어당겼다.

천마등등공을 아래쪽으로 펼친 것이다.

쐐액!

가볍게 땅을 차고서 유리붕권을 쓰는 자에게 날아갔다.

퍽!

천마수도, 천마등등공도 펼치지 않은 순수한 몸 부딪치기였다. 하나 천마벽으로 감싼 용악의 몸은 그 어떤 무기로도 상하지 않는 상태였다.

천급 좌위는 용악의 어깨와 부딪친 직후 그대로 피를 뿌리며 날아갔다. 그 위를 용악의 손이 따라갔다.

꾸— 웅!

땅에 떨어지는 것과 동시에 한동안 덜컥거리던 천급 좌위가 거품을 물었다.

천급 좌위 셋은 그 순간을 놓치지 않았다.

용악이 공격하는 순간은 자리를 지킬 거라 여긴 것이다.

천급 좌위 셋의 공격이 일제히 용악을 향해 다시 퍼부었다.

콰콰콰!

땅이 터져 나가고 찢어지고 널브러졌다.

"후우……."

용악은 양손으로 감쌌던 얼굴을 드러냈다.

표정은 담담했고 얼굴엔 살짝 미소까지 담겨 있었다.

천급 좌위 셋의 공격을 피할 수도 있었으나, 일부러 맞아주었다.

면을 점으로 압축시키는 것은 어렵지만, 점을 면으로 넓히는 것은 쉽다. 또한 상대로 하여금 또다시 공격하도록 유인하는 역할도 한다, 지금처럼.

모두 여섯 군데서 기가 일어났다.

용악의 유인이 성공한 것이다.

쿠오오오!

여섯 명의 절정고수 이상의 고수들이 한꺼번에 손을 쓰자 곧이라도 하늘이 무너질 것 같은 굉음이 일어났다.

'여섯이 똑같은 힘이었다면 곤란하겠지만, 구멍이 있는 이상 가능하다.'

이전의 용악이었다면 기벽을 일으켜 원로 둘을 물리친 후 천급 좌위들을 상대했어야 하지만, 용악은 그러지 않았다.

용악의 몸이 사라졌다가 유리붕권을 날리던 자의 코앞에 나타났다.

쾅!

"컥!"

천급 좌위는 날아갔고, 용악은 반동력을 이용해 다른 천급 좌위에게로 이동했다.

콰압!

운외반간을 펼치는 천급 좌위의 목젖을 움켜쥐었으나, 천급 좌위가 가까스로 피해냈다. 하나 용악의 신형은 오히려 더 빨리 그를 쫓아갔다.

허공을 움켜쥔 것처럼 손을 오므렸다 편 것만으로 재차 도약할 수 있었기 때문이다.

결국 그의 목젖을 쥔 용악은 정구도로 등을 공격하는 자의 공격이 닿기 전에 몸을 피했다.

"끄아아악!"

고통스러운 비명과 함께 운외반간은 합공에서 사라졌다.

형식이 없는, 오직 몸의 체술에 의존한 방법이었다. 물론 천마벽을 펼치고 있기에 가능한 공격이기도 했다.

당해보지 않은 사람은 이 상황이 얼마나 어이없는지 알 리가 없었다.

남은 천급 좌위 셋은 더 이상 숨는 것이 불가능하다는 것을 알고서 일제히 전력을 다해 기세를 피웠다.

"대단하구나. 소문을 들었을 때는 믿지 않았는데… 혼자서 십절을 상대할 만하다."

세 천급 좌위가 방위를 점하자, 분위기가 이전과 크게 달라졌다.

제대로 싸워보겠다는 의지를 불태우는 모습들이었다.

문제는 용악에게 그럴 시간이 없다는 것이다.

"됐다. 이곳까지 오면서 생각했던 것이 있는데 풀렸다."

"뭐?"

"생각했던 것이 가능하겠다고."

"……."

세 천급 좌위는 황당해서 말이 나오지 않았다.

용악의 말은 결국 시험 삼아 자신들을 상대했다는 소리로밖에 들리지 않기 때문이다.

용악이 황당해하는 천급 좌위 한 명을 손으로 가리켰다.

퍽!

유리붕권을 준비하고 있던 천급 좌위의 어깨가 흔들렸다.

용악이 한 행동이라고는 손으로 가리킨 것 외엔 없었다.

"이렇게 하면 공간을 단축하고도 위력이 전혀 줄지 않는군."

용악의 실험은 간단했다.

도왕에게 당한 이후부터 줄곧 지워지지 않던 기억.

면과 점, 점과 선, 선과 면.

어떤 공격에 우선순위를 두어야 하는가?

형산까지 오는 내내 풀리지 않던 숙제가 조금 전에 풀린 것이다.

"자, 이제 다 와. 너무 지체했다."

용악이 힐끔 팔짱 끼고 있는 경천수라를 쳐다봤다.

'그 노인, 분명 와 있다.'

용악의 기이한 행동에는 이유가 있었다.

천급 좌위 넷에 원로 셋.

팔절과 비교해도 손색이 없는 구성이긴 하지만 이미 팔절을 혼자서 상대해 본 용악이었다. 한 번 넘은 벽을 못 넘을 리 없었다.

연습이었다, 진패를 데려간 노인을 상대하기 위한.

"안 오면, 내가 간다."

"어림없다!"

개개인으로 상대하는 것은 자살 행위임을 잘 알게 된 다섯 명은 망설이지 않고 혼신의 힘을 다해 용악에게 덤벼들었다.

"……."

용악은 다가오는 다섯 명의 무지막지한 공세를 가만히 쳐다보기만 했다.


"저 정도는 되어야 상대할 맛이 나지."

용악의 싸움을 지켜보던 경천수라는 동공이 확장되며 금방이라도 울 것 같은 표정을 지었다.

그만큼 용악의 무위는 강력했다.

콰즉!

무언가 부러져 나가는 소리.

용악의 신형은 허공에 뜬 채 다섯 명 사이를 이리저리 날아다녔다.

멀리서 지켜보는 사람들의 눈엔 그 모습이 마치 허공을 유영하는 것처럼 보이기도 했고, 서서히 침몰하는 배 위에서 홀로 춤을 추는 것처럼 보이기도 했다.

'천마는 원로들과 저들을 상대하는 것이 아니다. 가지고 놀고 있다!'

부러진 손가락을 쥐고 있던 막량은 맥이 탁 풀렸다.

그들로는 어찌할 수 없는 존재.

이대로라면 백마신교는 한 명도 살아남지 못하는데, 교주란 자는 팔짱 낀 채 구경만 하고 있었다.

막량은 부러지고 터져 나가는 소리가 모두 백 년의 기다림이 무너지는 소리로 들렸다.

휙.

용악의 고개가 돌려지며 경천수라를 향했다.

용악은 아직도 허공에 떠 있는 상태였고, 거리상 할 수 있는 것이 아무것도 없었다. 적어도 막량의 생각으로는 그랬다.

용악의 손이 흔들렸다.

쾅!

"……!"

막량은 황당한 눈으로 뒤를 돌아봤다.

혈수라로 완전히 변한 경천수라가 웃으며 양팔로 가슴을 가리고 있었다.

"거리와 무관한 공격… 그런 것쯤 나도 하나는 가지고 있지."

경천수라의 전신에서 거대한 마기가 피어나며 신형을 쭉 잡아 올렸다.

그러나 막량은 이미 예감할 수 있었다, 용악은 경천수라를 경계하지 않는다는 것을.

'어딜 보는 거지?

막량은 그제야 진과 휴가 사라진 것을 깨달았다.

〈제6권 끝〉

일류 新무협 판타지 소설

천산마제

내일을 기약할 수 없는 땅, 천산.
소녀로부터 은자 한 닢의 빚을 진 소년 용악.
청년이 된 용악은 천산의 하늘이 된다.

하늘을 가르고 땅을 뒤엎는다!
한 호흡에 만 개의 벽(壁)!!
지금껏 내게 이빨을 드러낸 것들은 모두 죽었다.

은자 한 닢의 빚을 갚으며 시작된
십천좌들과의 승부.
오너라! 천산의 제왕, 천산마제가 여기 있다!

유행이 아닌 자유추구 -
WWW.chungeoram.com
Book Publishing CHUNGEORAM